最強
育成方針
羅場
Vol. 3
oku wo nariagaraseyou to suru
saikyou-onna-sisho tachi
ga ikusei-houshin wo megutte
SYURABA
赤
[イラスト]タジマ粒子
HIROTAKA
AKAGI
PRESENTS
JN049705

「じゃあクロス君、
まずはわたしのここに
手を入れてみよっか〜」
NAME
テロメア・
クレイブラッド

「え⁉ ちょっ、テロメアさん⁉」
クロス・アラカルト
NAME

「妾こそすべての魔物を従える
正真正銘の魔王、
ソルティ・バスカディアじゃ！」
NAME
ソルティ・バスカディア

「ありがとうジゼル、大事にするよ」
「〜〜〜っ。っ、次からはちゃんと
自分で選べるようにしとけよな！」

ジゼルが選んでくれたのは、
柄に少しオシャレな意匠の施された一振りだった。
するとさっきまで悩んでいたのが嘘みたいに、
こっちのほうが自分にあってるような気がしてくる。
自分でもどうかと思うけど、
これで迷いなく新しい剣を振るえそうだった。
NAME
ジゼル・
ストリング

CONTENTS

プロローグ
010 敗北の責任、勝利の代償

第一章
018 喧嘩祭り

第二章
094 男の子の意地

第三章
147 速度対策と樹海の主《あるじ》

第四章
215 破滅の決闘

エピローグ
302

CHARACTERS

NAME クロス・アラカルト

冒険者に憧れる少年。
師匠たちの修行のお陰で夢に近づく。

NAME リオーネ・バーンエッジ

世界に９人しかいないS級冒険者の１人。
世界最強種の一角《龍神族《ドラゴニア》》で
近接戦闘に長けている。

NAME リュドミラ・ヘィルストーム

世界に９人しかいないS級冒険者の１人。
世界最強種の一角《ハイエルフ》で、
様々な魔法属性に精通している。

NAME テロメア・クレイブラッド

世界に９人しかいないS級冒険者の１人。
世界最強種の一角《最上位不死族《ノーライフキング》》で、
様々な嫌がらせスキルと回復魔法に長けている。

NAME エリシア・ラファガリオン

勇者の末裔。
歴代最高の天才と称されるサラブレッド。

NAME ソルティ・バスカディア

自称・全ての魔物を従える正真正銘の魔王。

NAME ジゼル・ストリング

冒険者学校付属の孤児組のリーダー格。
不器用な優しさがあり、人望は厚い。

NAME カトレア・リッチモンド

中堅貴族の少女。
傲慢でプライドの高い性格だが、調子に乗りやすい。

僕を成り上がらせようとする最強女師匠たちが育成方針を巡って修羅場《しゅらば》 Vol.3

HIROT AKAG PRES

赤城大空
[イラスト] タジマ粒

Boku wo nariagaraseyou to suru saikyou-onna-sisho tachi ga Ikusei-houshin wo megutte SYURABA

プロローグ　敗北の責任、勝利の代償

「いやー―――っ！　許してお兄様―――っ！　お仕置きはいやー――っ！」

豪華な屋敷の一室にやかましい悲鳴が響いていた。

声の主は美しい金髪が特徴的な貴族の少女。

特殊な拘束具で身動きを封じられたカトレア・リッチモンドである。

「黙れ」

泣きわめくカトレアに、一人の青年が冷たく吐き捨てる。

三大貴族派閥の一角――ディオスグレイブ派の第四位に君臨する上位貴族、ギムレット・ウォルドレアだ。

整った相貌《そうぼう》に立ち居振る舞い、実力に裏打ちされた絶対的な自信は強力な支配者の資質を感じさせる。だが普段は余裕に溢《あふ》れるその端正な顔立ちもいまは激しい怒りに歪《ゆが》み、鋭い眼光でカトレアを睨《にら》みつけていた。

「貴様が孤児に――いや《無職》に敗北したせいで、我々ディオスグレイブ派がどういう評価を受けているのかわかっているのか？」

「そ、それは……」

手に持っていた大衆向けの記事をぐしゃっ！　と握りつぶすギムレットの低い声に、カトレアは震え上がる。しかしそれも無理はない。

カトレア・リッチモンドが孤児グループに喧嘩《けんか》を売って返り討ちに遭った。

その話題はディオスグレイブ派を貶《おとし》めたい他貴族勢力の介入もあり、決闘からしばらく経ったいまも世間の口に上り続けていたのである。

なかでも人々を騒がせていたのは、孤児パーティの主力が《無職》だったという点だ。

数千万人に一人の最弱無能職。それも今年《職業《クラス》》を授かったばかりの子供に負けたということで、ディオスグレイブ派の貴族であるカトレアの敗北は各所で面白おかしく語られていた。

いわく――今代のディオスグレイブ派は《無職》に敗れるほどお粗末なのだ。

冗談交じりの戯言《ざれごと》ではあるが、最弱職に敗北したという事実はわずかな期間でこれ以上なくディオスグレイブ派の名を貶めていたのだった。

「で、でもでも！　あんなの予想できるわけがないわ！　レベル０の《無職》があんなに強いなんて！　反則よ反則！」

ギムレットの眼光に怯《おび》えたカトレアが言い訳するように叫ぶ。

「ディオスグレイブ派の悪評が広まっているのは全部あの妙な《無職》のせいです！　あいつさえいなければディオスグレイブ派がここまで貶《おとし》められることも……っ。だからお兄様！　お仕置きならわたくしじゃなくてあの《無職》に！」

「そんなことは言われずともだ」

　全力で保身に走るカトレアの言葉を遮るようにギムレットが口を開く。

　ここぞとばかりにディオスグレイブ派を貶める他派閥貴族や決闘に敗れたカトレアなど、ギムレットの怒りの矛先は様々だ。

　だがその激情のすべてを煮詰めたような視線は、握りつぶした記事の中でデカデカと踊る《無職》の二文字に向けられていた。

　ディオスグレイブ派がこれ以上なく侮られることとなった最大の元凶。

　最弱無能職の身で自派閥の貴族を下した平民への怒りは、カトレアに対するそれの比ではない。《無職》への報復は最早決定事項だ。

　しかし、

「だからと言って、私の従姉妹であるにもかかわらず醜態をさらした貴様の責任が消えるわけではない。覚悟するがいい」

「ひ、ひ――――っ!?　痛いのはイヤ――――っ!?」

　ギムレットの非情な宣告に、カトレアの断末魔めいた悲鳴が重なった。

＊

「それで？　例の《無職》についてわかったことは？」

カトレアへのお仕置きが一段落したあと。

ギムレットは自室のソファーに腰掛け、部屋の隅へと声をかけていた。

その暗がりには一人の女性が潜んでおり、恭《うやうや》しく頭《こうべ》を垂れながら主の問いかけに口を開く。

「は。名はクロス・アラカルト。今年《職業》《クラス》を授かったばかりの14歳。《無職》授与を機に冒険者学校を退学になっていますが、それからわずか一か月後の復学試験であのジゼル・ストリングを下し復学を果たしています。《無職》がなぜここまで飛躍できたかは不明ですが、カトレア様たちの証言も考慮すればその実力に疑いの余地はないでしょう。無論、ギムレット様とは天と地ほどの差がありますが」

主への賞賛を付け加えつつ、《中級盗賊》《シーフ》の女性は秘密裏に調べ上げた《無職》の情報を読み上げていく。

羅列される情報は《無職》の性格や学校での振る舞いなど様々で、それを聞いたギムレットはなにかを計算するように冷たく目を光らせていた。

しかしそんななか、ある情報がギムレットの思考を中断させる。

「――現在、クロス・アラカルトはイースト通りにある木造三階建て住居に帰宅しています。

なぜか人の出入りが極端に少ないため詳細は不明ですが……住居の立地からして、クロス・アラカルトは上級職パーティの庇護《ひご》下にあると考えて間違いありません」

「《無職》が上級職パーティの世話にだと？」

黒髪の従者がもたらしたその特異な情報に、ギムレットは思わず口を挟む。

《無職》が中級職パーティを圧倒するほどの力を身に付けたのは、そのあまりに都合の良い環境が原因ではないかと推察したのだ。だが、

「いや……あり得んな」

ギムレットはすぐにそう結論づける。

たかだか上級職が手ほどきしたところで、《無職》が貴族を下すほど成長できるはずがないからだ。多彩なスキルを持つ理由の一端ではあるだろうが、仮に冒険者学校のトップ講師陣がよってたかって鍛えたところでろくな成長も見込めないのが《無職》という《職業《クラス》》である。

下宿先の影響があるとすれば、戦術指南による対応力向上が精々だろう。

（しかしそうなると、やはりクロス・アラカルトの飛躍は本人の資質によるところが大きいとみるべきか）

ギムレットは改めてそう結論づけ、特殊な資質を隠し持ちながら《無職》の肩書きで自派閥の貴族を下した少年への害意をさらに深めていった。

「――して、この《無職》をいかがなさるおつもりですか？」

一通りの調査報告を終えた《中級盗賊《シーフ》》の従者が改めてギムレットに声をかける。

「冒険者や貴族全体の底上げを望む王国が意図的に勢力争いを煽《あお》っている構図があるとはいえ、この街で推奨されているのは抗争ではなくあくまで競争。あからさまな報復に及べば、フォレスティーゼ派やフランシュテイン派の貴族に粛清の口実を与えかねませんが」

「ふん、平民の一人や二人、その気になれば合法的に潰《つぶ》す方法などいくらでもある」

従者の懸念に、ギムレットは冷徹な声で答えた。

「とはいえ……今回は派閥の面子《メンツ》にもかかわる話だ。方法は選ばねばならん。回りくどいやり方にはなるが、私が直接動こう。例の祭りの日までお前たちは待機しておけ」

「はっ」

主の命を受け、《中級盗賊《シーフ》》の従者は音もなくその場から姿を消した。

そうして一人になったギムレットは、窓の外に目を向けながら低い声を漏らす。

「クロス・アラカルト……希少な初期ブースト系のユニークスキルでも発現したのか、あるいは《無職》に特異な適正でもあったのか。躍進の理由は定かではないが、調子に乗っていられるのもいまのうちだ」

大陸最大国家アルメリア王国を三分する大貴族派閥――三王勢力。

その一角をなすディオスグレイブ派の貴族が《無職》に敗れたなどという汚名をすぐには、舐《な》めた真似をしてくれた《無職》本人にしかるべき報いを与える他にない。

「冒険者として、確実に再起不能にしてくれる」

敵意に満ちた瞳《ひとみ》を光らせながら。

その上位貴族は胸のうちで膨らむ怒りと憎悪をたぎらせるように、《無職》への報復を宣言するのだった。

第一章　喧嘩祭り

1

世界最強の師匠たちに拾われ、弟子として育ててもらうことになってから早二か月。

貴族との理不尽な決闘を無事に乗り越えることができた僕は、すっかりいつもの日常を取り戻していた。

街中にあるとは思えないほど広い中庭で繰り広げられるのは、ほとんど日課になっているリオーネさんとの模擬戦だ。

「《身体能力強化》！　《中級剣戟《けんげき》強化》！」

たくさんの人を守れる冒険者になるために。

ひいては勇者の末裔《まつえい》であるエリシアさんや師匠たちのような冒険者になるために。

一撃一撃を全力で打ち込んでいく。

「よーしいいぞクロス！　そんじゃ、こっちも《威圧》スキルの威力と攻撃の勢い、少しあげてくからな！」

ズンッ！

「っ！」

龍神族《ドラゴニア》のS級冒険者であるリオーネさんが獰猛《どうもう》な笑みを浮かべた瞬間、僕の体が重みを増す。

リオーネさんが相手を萎縮《いしゅく》させる威嚇《いかく》系スキルの出力を上げたのだ。

けれど、僕の剣筋は乱れない。

「やあああああああああっ！」

舞いのように楽しい模擬戦でハイになっている僕には《威圧》の重みさえどこか心地良い。

動きが鈍るなんてこともなく、思うまま連撃を叩き込むことができた。

それどころか、

「――逆巻く暴威に手綱を通し　我が砲撃となりて敵を討て――《トリプルウィンドランス》！」

リオーネさんとの打ち合いと並行して魔法構築。

膨大な威力を秘めた中級風魔法をリオーネさんに向けて解き放った。

ドゴオオオオオオオオオンッ！

絡み合う風の槍《やり》がリオーネさんの身体《からだ》に直撃する。

当然、リオーネさんにそんな攻撃はまったく通用しないわけだけど、

「おー、貴族どもとの決闘を乗り越えてから、魔法の精度も威力もしっかりレベルアップしてんな。良い魔法攻撃だ」

「ありがとうございます！」

文字通り身体《からだ》を張って僕の成長を確認してくれるリオーネさんの真っ直ぐな評価が嬉しくて、僕はついはにかんでしまう。

そんな僕の隣に、いつの間にかもう一人の師匠が立っていた。

「うむ。近接戦闘と並行しての魔法詠唱もこなれてきている。実践での成功が練度の上昇と自信に繋《つな》がっているな。良い傾向だ」

そう言って僕の成長を自分のことのように喜んでくれていたのは、ハイエルフのS級冒険者、リュドミラさんだ。普段は食事や秘薬の準備で裏方にいることが多いリュドミラさんも、今日は一緒に模擬戦を監督してくれていた。

「よし。では詠唱練度が上がったクロスには、私からひとつお手本を見せておこう。リオーネ、少し付き合え」

「お？　なんだリュドミラ、やる気か？」

リュドミラさんとリオーネさんが少し距離を置いて向かい合う。

けどそれを見て僕はふと疑問を抱いた。

「あれ？　そんなに近くていいんですか？　まるで近接職同士の模擬戦開始位置ですけど」

リュドミラさんがいくら強いとはいえ、相手は同じS級冒険者のリオーネさんだ。

近接位置からの戦闘開始はいくらなんでも不利なんじゃあ……？

「問題ない。前にも言ったが、風魔法は殺傷力に欠ける代わりに応用が利くからな。たとえばこんなふうに――《風雅跳躍》」

リュドミラさんは不敵な笑みを浮かべると、説明もそこそこに魔法を発動させた。

僕が貴族との決闘に勝てた要因の一つ。機動力強化の風魔法だ。

だけど――その威力と精度は僕が習得したソレとは完全に別次元の代物だった。

――ゴッ！

「っ⁉」

すべてを吹き飛ばすような暴風が吹き荒れる。

かと思えばリュドミラさんの姿が掻《か》き消え、一瞬でリオーネさんの眼前に肉薄していた。

それはまるで近接職のような加速力。そのうえリュドミラさんの魔法はまだ終わらない。

「オラァ！」

「《風雅跳躍》」

武器を振るうリオーネさんの眼前でさらに風が吹き荒れる。

砂塵《さじん》でリオーネさんの視界が塞《ふさ》がれると同時、風による高速軌道で攻撃を避けたリュドミラさんの身体は一瞬で遥《はる》か頭上へ。

そうしてリオーネさんの死角をとったリュドミラさんは、風に背を押されながら高速回転。

落下の勢いも利用し、手に持っていた杖《つえ》を凄《すさ》まじい速度でリオーネさんに叩き込んだ。

（まさか、リオーネさんに一撃入る!?）

と、僕が目を見開いた直後。

ドゴオオオオンッ！

「うわあああああああっ!?」

リュドミラさんの一撃をリオーネさんがギリギリでガード。

その凄《すさ》まじい衝撃に吹き飛ばされながら、僕は言葉をなくす。

（な、なんだこれ……!?　結果的に一撃入らなかったとはいえ、魔法職のリュドミラさんが戦士職のリオーネさんと近接で互角にやりあってる!?）

お互いにフルでスキルを使ってるわけじゃないから本気じゃないんだろうけど……それにしたって常識外れの光景だ。《職業《クラス》》の概念が壊れる……。

「ふむ、ひとまずお手本としてはこんなところか」

そうして僕が師匠の非常識っぷりに目を白黒させていたところ、模擬戦を終えたリュドミラさんが僕の隣に降り立ち講義するように言う。

「このように、風魔法による機動力強化は近接戦でも活きる強力なものだ。さすがにいま私が見せたような戦いは無詠唱が扱えるレベルにならなければ難しいだろうが、それでも様々な《職業《クラス》》のスキルが扱える君には十分参考になるだろう。近接スキルと並行して魔法スキルもしっかり伸ばし、あらゆる状況に対応できるようにしていこう」

「……っ、はい！」

世界最弱と言われる《無職》を否定せず、その特性を活かすかたちで伸ばしてくれる。

凄《すさ》まじい師匠たちの的確な修行に改めて感謝しつつ、僕は今日もひたすら修行に没頭していくのだった。


「ふぅ、スキルを使いすぎてもう魔力が空っぽだ……テロメアさん、《魔力譲渡》のほうお願いします！」

模擬戦を一段落させた僕は、ふらふらになりながら三人目の師匠のもとへ向かう。

リオーネさんたちと同じS級冒険者の最上位吸血族《ノーライフキング》、テロメアさんだ。

《終末級邪法聖職者《ダークプリースト・ハイエンド》》であるテロメアさんが持つ《魔力譲渡》は、その名の通り魔力を分け与えてくれるスキル。

普通は魔力量の関係で一日にスキルを練習できる回数は限られるのだけど、無尽蔵の魔力と《魔力譲渡》を持つテロメアさんのおかげでそんな制限は消滅。好きなだけスキル鍛錬を行うことができていた。《無職》の僕が短期間に大きく成長できたのは、師匠たちの的確な指導に加えてこの反則的なスキルの影響がとても大きい。

そんなわけで僕がいつものようにテロメアさんから魔力を分けてもらっていたところ――

「……ねぇクロス君。ちょ～っとステータスプレートを見せてもらっていいかなぁ」

「え？　はい、もちろん構いませんけど」

テロメアさんに突然そんなことを言われて少し面食らう。

けど別に断る理由もないのでステータスプレートを取り出せば、そこには先日の決闘やふわふわスライム討伐大会を通して成長した僕のスキルが表示されていた。

固体名：クロス・アラカルト　種族：ヒューマン　年齢：十四

職業：無職

レベル：0

力：0　防御：0　魔法防御：0　敏捷《びんしょう》：0

（攻撃魔力：0　特殊魔力：0　加工魔力：0　巧み：0）

《力補正ⅡＬｖ１（＋88）》　《防御補正ⅡＬｖ１（＋94）》

《俊敏補正ⅡＬｖ４（＋116）》　《攻撃魔力補正ⅡＬｖ４（＋116）》

《特殊魔力補正Ｌｖ５（＋41）》　《魔防補正Ｌｖ２（＋15）》

《中級剣戟《けんげき》強化Ｌｖ１》　《身体能力強化【中】Ｌｖ４》

《緊急回避ⅡＬｖ２》　《身体硬化【小】Ｌｖ９》

《トリプルウィンドランスＬｖ５》　《風雅跳躍Ｌｖ３》

《体外魔力操作Lv7》　《体外魔力感知Lv7》
《体内魔力操作Lv6》　《体内魔力感知Lv6》
《中級クロスカウンターLv1》　《ガードアウトLv5》
《イージスショットLv1》

いくつかの下級スキルはレベル10を超えて新しく中級スキルへと派生。

二か月前までスキル0だったとは思えない表示は何度見ても信じられなくて、思わず頬《ほお》が緩んでしまう。

(それもこれも、全部師匠たちのおかげだ)

と、師匠たちへ改めて感謝しながら、テロメアさんと一緒にステータスプレートを覗《のぞ》き込んでいたところ、

「……ない」

テロメアさんがぼそりとなにか呟《つぶや》いた。

かと思った次の瞬間。

「ああもうやっぱり我慢できないい～～っ！」

テロメアさんがいきなり大声を張り上げて僕はぎょっとした。

「わたしが教えてあげたスキルが《ガードアウト》しかないなんて、こんなの不公平だよぉ！」

「ちょっ、テロメアさん!?　どうしたんですかいきなり!?」

世界最強クラスの冒険者であるテロメアさんが子供みたいにぶんぶんと拳《こぶし》を振り、いままで我慢してきたものを吐き出すように叫び声をあげる。

そのあんまりな様子に僕があたふたしていたところ、リオーネさんたちが騒ぎに気づく。

「ああ？　なに騒いでんだテロメア。再生のしすぎで遂に頭がイカれたか？」

「違うよ～、これだよ～っ！」

リオーネさんの軽口に対し、テロメアさんが僕のステータスプレートをかざして叫ぶ。

「前から気になってたんだけど、クロス君を弟子にとってからしばらく経つのに、わたしが教えてあげたスキルが一つしかないなんておかしいよねぇ!?　クロス君が二人の色にだけ染まってるみたいで不愉快だし～、そろそろわたしの修行もやんないと不公平だよ～」

「ああ？　てめえはあたしとリュドミラどっちの修行にもくっついてきて、なんだかんだでクロスとの接触が一番多いだろうが。しばらく我慢しとけっつーの。……ただでさえリュドミラに修行時間とられてるっつーのに、これ以上クロスとの時間を奪われてたまるか」

「リオーネの言うとおりだ。貴様はしばらく引っ込んでいろ。……せっかくリオーネから修行時間を奪ったというのに、いきなり減らされてなるものか」

テロメアさんの主張にリオーネさんとリュドミラさんが断固反対する。

けどテロメアさんはそんな反論などお見通しとばかりに目を細めると、

「そんなこと言って～。もしクロス君が一人のときに大怪我《おおけが》とかしちゃったらどうするの～？　ポーションにも限りはあるし、邪法聖職者の回復スキルなんかは必須だよね～？」

「うぐっ」

「確かに危険度《リスク》4と戦ったあと、怪我をしたまま森を突っ切ったと聞いたときは肝を冷やしたが……」

「はいじゃあ決まり～。クロス君の命が大事なら、邪法聖職者のスキルを教えないなんて手はないもんね～」

そうしてテロメアさんは畳みかけるように、その口論を終結させてしまうのだった。

「というわけで、今日からしばらく修行はわたし中心で～、クロス君には回復魔法を習得してもらうね～」

「回復魔法……っ！」

なにがなんだかわからないうちに今後の修行方針が決まり困惑していた僕だったけど、回復魔法習得と聞いて思わず目を輝かせる。

それは傷を癒やし命を救う奇跡の技。

人を助ける冒険者に憧《あこが》れる僕にとっては是非とも習得しておきたいスキルだったのだ。

と、やる気を漲《みなぎ》らせる僕の横で、リオーネさんとリュドミラさんがなにやらテロメアさんに詰め寄っていた。

「おいテロメア。てめえの言うこともっともだから回復スキル習得に同意したけどな、修行にかこつけてクロスに変なことすんじゃねえぞ……っ」

「貴様はクロスをいかがわしい店に連れて行った前科があるからな。怪しい動きをしたら即座に燃やすぞ」

「わかってるよ～。わたしだって恥ずかしいし、そんな変なことばっかやんないって～。じゃあクロス君、まずはわたしのここに手を入れてみよっか～」

「え!?　ちょっ、テロメアさん!?」

にまぁ、と微笑《ほほえ》むテロメアさんの行動に僕はぎょっとした。

なぜならテロメアさんは僕の手を引き、そのまま自らの服の中へと引きずり込んだのだ。

当然、服の下は全裸。

いつもはゆったりした服に隠されているテロメアさんの肉感的な素肌が指先に当たり、頭が真っ白になる。それだけじゃない。服の中で熟成された体温や湿度が手を包みこむ感触はあまりにいかがわしく、一瞬で顔が真っ赤に染まった。

え、ちょっ、これって本当に回復魔法の修行なの!?　と僕がパニックに陥っていたところ、

「って、アホかあああああああああああっ!?」

「みぎゃあああああああああああっ!?」

僕の手を服の中に引きずり込んでいたテロメアさんが、リオーネさんに殴られて吹っ飛んだ⁉

「てめえテロメア！　いきなりなにを……ぜ、前戯みてえなことやってんだ⁉　あたしらが見てる前でいい度胸だな⁉　イカれてんのか⁉」

「触るだけならまだしも触らせるなどなにを考えている！　節度というものがないのか、この淫売《いんばい》が！」

顔を真っ赤にしたリオーネさんとリュドミラさんが叫び、テロメアさんに追撃を加えようと走る。けどその追撃が決まる前に、テロメアさんが立ち上がった。

「いた～。酷《ひど》いよ二人とも、これはれっきとした修行なのに～」

身体《からだ》の傷と一緒に服も瞬時に再生させながらテロメアさんは語る。

「生き物の身体は魔力で強化されてるよね～？　回復魔法はこれを活性化させるスキルだから、自他の魔力の流れや身体構造を理解するのが重要なんだよ～」

「だからってお前、あんな……っ」

「仕方ないでしょ～。だって魔力の流れや身体構造を理解するには、回復魔法の使い手と濃密に触れあいながら魔力を循環させるのが一番効率がいいんだから～。これは教会でも推奨されてる修行方法。つまりこれはれっきとした医療行為。いかがわしいって怒る人のほうがいかがわしいんだよね～」

「「う、ぐっ……」」

テロメアさんの力説にリオーネさんとリュドミラさんが押し黙る。

その様子を見たテロメアさんはニヤリと笑い、

「まぁ、教会では同性同士での修行が絶対だけど、嘘《うそ》は言ってないし……じゃあクロス君。触れあいと同時に、回復魔法発動の感覚も並行して学んでいこっか」

「え、ちょ、テロメアさん、さっきなにか小声でボソっと……てゆーか少し恥ずかしすぎるので手加減を――わあああああああっ!?」

ずぼっ！

必死の主張もむなしく、再び僕の手はテロメアさんの服の中へ引きずり込まれる。

しかも今回は同時にテロメアさんの暖かな魔力が身体の中に流れ込んできて、回復魔法発動の感覚を強引に叩き込まれる。

「うっ、くぅ……っ」

その感触がくすぐったいような気持ち良いようなで、変な声が出ちゃわないよう必死に身をよじる。指先に触れるテロメアさんの感触もあわさり、全身が熱い。心臓が破裂しそうだ。

「あ……ちょ、ちょっとこれはまずいかも～。クロス君がわたしの腕の中で身悶《みもだ》えしてるの見てたら身体が疼《うず》いて……も、もうちょっとくらいなら先に進んでも……はぁ、はぁ……♥」

テロメアさん!?　そ、そこまで手を突っ込むのはいくらなんでも……!?

「おいテロメア！　お前それ本当に教会でも教えてる方法なんだろうな⁉」

「さ、さすがにこれ以上は見過ごせんぞ……⁉」

リオーネさんとリュドミラさんが再び僕とテロメアさんの間に割って入ろうとする。

けれど、

「大丈夫大丈夫。わたしも本当にきわどいところまでは触らせたりしないからぁ。けど回復魔法はクロス君の命を守るためだけじゃなくて、邪法聖職者の戦闘を確立させるためにも重要なスキルだから、絶対に手は抜けないいんだよね～」

「そりゃそうだが……っ」

「貴様だけそんな修行をするのが許されると思っているのか⁉」

テロメアさんの理論武装（？）にリオーネさんとリュドミラさんは強攻策に出られないようだった。それでも二人はテロメアさんの過激な修行に対して抗議し続けてくれていたのだけど
……やがてその状態にうんざりしたらしいテロメアさんがとんでもないことを言い出した。

「も～。そんなに言うならさぁ……リオーネちゃんたちも協力してくれていいんだよぉ？この身体《からだ》を触ってもらう修行～」

「「なっ⁉」」

「え」

テロメアさんの衝撃発言にリオーネさんとリュドミラさんが絶句し、僕の口からも変な声が

漏れる。かと思えばテロメアさんは「くすくす」と意地悪な笑みを浮かべ、

「ま、お子ちゃまなリオーネちゃんとハイエルフのリュドミラちゃんじゃあ絶対に無理だと思うけど～」

その挑発的な発言が最後の引き金だった。

――ブチ。

なにかが切れるような音がしたと思った瞬間、リオーネさんたちが爆発した。

「こ、の、あたしに喧嘩《けんか》売りやがったなテロメアァ！　上等だ、てめえみてえなクソ女にクロスを任せておけるか！　一肌脱いでやらぁ！」

「貴様のような淫売《いんばい》、クロスの成長に悪影響だ！　ここは邪《よこしま》な気持ちなど欠片《かけら》もない私がスキルの練習台になるしかあるまい！」

「わあああああああっ!?　皆さんちょっと待ってくださああああああい!?」

顔を真っ赤にしながら服を緩めようとする世界最強の師匠たち。

そのとんでもない光景に狼狽《ろうばい》する僕の絶叫が、広い中庭に響き渡った。

2

「……はぁ。昨日は大変だったなぁ。まさかリオーネさんたちまで服の中に手を入れさせよ

うとしてくるなんて……」

回復スキルの修行がはじまった翌日。

冒険者学校で座学の授業を終えた僕は、昨日の出来事を思い出して深い溜息《ためいき》を吐《つ》いていた。

あのあと。

冷静さを取り戻してくれたリオーネさんたちをどうにか説得し、回復スキルの修行はテロメアさんとの一対一だけということに決まった。

とはいえ女の人の身体《からだ》を触るというとんでもない修行がなくなったわけではなく、その気恥ずかしさに僕はどうにも参ってしまっているのだった。

「毎日が充実してるのは確かなんだけど、修行がときどき変な方向に過激で大変なんだよね……」

ただでさえ師匠たちはもの凄《すご》い美人揃いで、一緒に生活するだけでドキドキするのに。

この調子で回復スキルの修行が続くなんて、僕は一体どこまで耐えられるんだろうか。

と、ある意味贅沢《ぜいたく》な悩みに頭を悩ませていたときだ。

「ああ？　どうしたんだよクロスてめぇ。溜息なんか吐いて」

「あ、ジゼル」

僕の様子を訝《いぶか》しむように声をかけてきたのは、一緒に講義を受けていた女の子。

孤児院のリーダー格であるジゼル・ストリングだった。

ジゼルとはしばらく微妙な関係が続いていたけど、危険度《リスク》4との戦闘や貴族との決闘を通して、最近はギクシャクした雰囲気も解消されつつあった。

とはいえまだちょっと変な距離があって、ジゼルは微妙に僕から顔を逸らしながら話を続ける。

「講義も微妙に上の空に見えたし、なんか悩みでもあんのかよ」

「あー、いや、悩みっていうか、ちょっと修行のほうがいろいろと大変で……」

ジゼルは僕がS級冒険者のお世話になっていることを知っているほぼ唯一の存在だ。

なので悩みの種についてチラっとジゼルにこぼす。

するとジゼルは「あ?」と表情をしかめ、

「大変って……お前あの化け物どもに無茶な修行させられてんじゃねえだろうな。S級冒険者ってのは常識の通じねえ化け物揃いだっつーし。大丈夫なのかよ」

「え?　いやいや、全然大丈夫だよ！　師匠たちは凄く優しくて、むしろ僕のほうからもっと厳しくしてほしいって頼むくらいなんだから。……ただちょっと、厳しいっていうのとは別の意味で大変なことがあるっていうか……」

ジゼルに師匠たちのことが誤解されそうだったので、慌てて訂正する。

とはいえ……『修行の内容がなんだかエッチな方向に過激で心臓が保ちそうにない』なんて正直に言えるわけもない。僕は顔を赤くしながらもごもごと誤魔化《ごまか》した。すると、

「……へー。別の意味で大変ねぇ」

ジゼルがなぜかジト目で僕を睨《にら》みつけてきた。

「……前から気になってたんだけどよ。お前、あのとんでもねぇ美人どもに囲われてんだよな。それも小国くらいなら簡単に滅ぼせるっつーS級冒険者の三人に。そんな連中がお前みたいなガキをなんの理由もなく育てるか？」

「え？」

ジゼルがなにを言いたいのかわからず首をひねる。

するとジゼルは言うか言うまいか迷うように「あー、だから、アレだ」と歯切れ悪く言葉を濁す。やがて僕から思い切り顔を逸らすと、意を決したように口を開いた。

「……お前、あの化け物どもに変なことされてねぇだろうな？」

「？　変なこと？」

「……っ。カマトトぶってんじゃねぇよ！　はっきり言わなくてもわかんだろ!?　だからつまり……お前があの化け物どもの、じょ、情夫にされてんじゃねぇかって聞いてんだ！」

「じょっ……!?」

ジゼルの口から飛び出した過激な単語に僕は思わず目を丸くした。

情夫。

要するに、女の人にいかがわしい奉仕をする男の人のことだ。愛人ともいう。

「そ、そんなわけないでしょ!? 師匠たちは善意で僕を弟子にしてくれたんだし、そもそもあんなに強くて綺麗《きれい》な師匠たちから見たら僕なんてそんな対象にならないよ！」

ジゼルのとんでもない疑念を、僕は顔を真っ赤にして否定した。

確かに昨日みたく修行が変な方向に過激なことはあるけど……。

それはあくまで効率良く強くなるために必要なことだからだ。

「大体、そんな爛《ただ》れた生活してたら修行どころじゃないし、《無職》がこんなに成長できるわけないでしょ!?」

「ま、まあ言われてみりゃそうだな……」

僕が必死になって反論を重ねると、ジゼルが圧倒されたように頷《うなず》く。

「正直まだ完全に疑念が晴れたわけじゃねえけど……まあこの反応を見るに、少なくとも一線は越えてねえか……」

と、ジゼルはなにやらほっとしたように息を吐いた。

なんだかよくわからないけど……おかしな疑念はひとまず晴れたみたいだ。

「じゃあまあそれはもういいとしてだ。溜息《ためいき》吐いてたくらいなんだから、修行が大変なのは確かなんだよな？」

「え？　うん、まあ」

「だったらよ……あー、その、アレだ」

ジゼルはなぜかそわそわと目を泳がせ、さっきよりも歯切れ悪く口ごもる。

なんだか頬《ほお》も少し赤い。

ど、どうしたんだろう。まさかまた変なことを口走るつもりじゃあ……と僕が身構えていたところ、ジゼルは意外な提案を口にした。

「修行の息抜きも兼ねて、いまから武器屋でも行かねーか？」

「え？　武器屋？」

予想外のお誘いに僕は目を白黒させる。

ジゼルはちょっと早口気味に、

「忘れたのかよ。お前がふわふわスライム討伐大会に参加したのは武器の買い換えとかで金がいるからって話だったろ。だから良い店紹介してやるっつってんだ。私もちょうど新しい武器がほしかったしな」

「あ」

そういえばそうだった。

金欠の主な理由はエリシアさんとの食べ歩きにあったけど、早めに武器を買い換えておきたいと思っていたのも事実。

ジゼルがお店を紹介してくれるというなら願ったり叶ったりだった。

「ありがとう。助かるよ。けどジゼルまで武器を新調するなんて急だね？」

「あ？　別に急でもなんでもねーだろ」

ジゼルは呆れたように僕を見返し、

「なんたって明後日《あさって》と明明後日《しあさって》はバスクルビア名物の〝喧嘩《けんか》祭り〟だからな。準備はしっかりやっとかねえとだろ」

「あ……そっか、そういえば」

過激な修行のことで頭がいっぱいで、すっかり忘れていた。

好戦的な笑みを浮かべるジゼルに言われ、僕はその乱暴なお祭りの存在をいまさら思い出すのだった。

3

喧嘩祭り。

それはバスクルビアで年に数回、二日間にわたって開催される野良試合祭りのことを指す。

指定された区画内限定ではあるものの、近接職による街中でのタイマンが全面的に解禁される。ちょっと野蛮な冒険者の祭典なのだ。

様々な相手と戦うことによるスキルアップ、腕試し、人脈形成、あるいは血気盛んな若手冒険者のストレス発散など、お祭りの意義は数多い。

特に僕たち駆け出し冒険者にとっては先輩冒険者に実力を見てもらう手荒な通過儀礼の意味

合いが強く、ジゼルを中心とした孤児組も参加する気満々なのだった。

「今年は勇者の末裔《まつえい》サマが入学してきた影響で祭りの規模も桁違《けたちが》いだからな。そのうえ私らは最近目立ってるから自然と喧嘩《けんか》の数も多くなる。しっかり備えて派手に暴れてやらねえと、また馬鹿な連中に舐《な》められかねねえんだよ」

「なるほど……じゃないとまたカトレアさんのときみたいに絡まれそうだもんね」

カトレアさんとの決闘は内容非公開だったから、まだ孤児組を侮っている人は意外と多い。

今回の喧嘩祭りでその辺りの悪評を払拭したいというジゼルの狙いはもっともだった。

というわけで僕はやる気満々のジゼルに連れられ、おすすめの武器屋さんにやってきていた。

「わぁ……あんまり大きなお店じゃないけど、確かに品質は凄《すご》くしっかりしてるね」

そこは路地裏にあるこぢんまりとしたお店だった。

けれど店先に並べてある武器は素人目に見ても高品質で値段も手頃。

さすがに顔が広いだけあってジゼルは良いお店を知ってるなぁと感心していたところ、なにやら後ろが騒がしかった。

「ちょっとジゼル!? なんで私たち孤児組まで呼んだの!? やっとクロスをデートに誘えたんでしょ!?」

「っ!? なに馬鹿なこと言ってんだ! 私は別にそんなつもりは――」

「ああもう! 武器屋へのお誘いに何日かけてるのかと思ったら、まだそんなこと言って――」

ど、どうしたんだろう？

《レンジャー》のエリンとジゼルがなにか言い争っていたので心配して振り返る。

するとなぜか二人の言い争いはぴたりと止まって、

「なに見てんだクロス！　い、いいからさっさと店に入んぞ！」

「う、うん⁉」

なにかを誤魔化《ごまか》すようなジゼルの怒声に、僕は首をひねりながら武器屋に足を踏み入れた。

「よージゼル。今日はまた随分と大所帯だな」

入店した僕たちを出迎えてくれたのは、ドワーフの女店主だった。

女性にしては少し筋肉質な腕に浅黒い肌が特徴的な美人のお姉さんで、微妙に露出も多いので少し目のやり場に困ってしまう。

（けどドワーフの武器屋さんか。それなら表の武器の品質も納得だ）

ドワーフは人族の一種で、近接系と加工系の《職業《クラス》》に高い適性を持つとされている。

そのため優秀な鍛冶師《かじ》にはドワーフが多く、彼らの国では周辺国家への武器輸出が最大産業になっているほどだった。

そんなドワーフの女店主さんに、ジゼルが軽く頭を下げる。

「今日は武器の新調に来たんっすよ。あとはこの新顔の武器も見繕ってもらえたらなと」

「あ、ええと、クロス・アラカルトっていいます。よろしくお願いします」

ジゼルに紹介され、僕は慌てて女店主さんに頭を下げる。

するとドワーフの女店主さんは「おお！」と豪快な笑みを浮かべ、

「話は聞いてるよ。お前が理不尽な貴族をぶっ飛ばすのに一役買ったっつージゼルのお気に入りか。ジゼルのヤツが珍しく惚気《のろけ》てたからどんな厳つい男かと思ってりゃあ……また随分と可愛《かわい》らしいのが来たな！」

「ちょっ、なに適当なこと言ってやがんだ色ボケ店主が！」

「ジゼル!?」

いきなりジゼルが女店主さんの胸ぐらに摑《つか》みかかったので慌てて止める。

するとジゼルは「だあああっ!?　触んなボケが！」と飛び退きながら思い切り僕を睨《にら》みつけ、

「おい勘違いすんじゃねえぞクロス！　この色ボケ店主がなんか適当なことぶっこいてやがるが、私は普通に、武器ほしがってるやつがいるって事前に話を通してただけだからな!?」

「はーん、まだそういう感じか。初々しいねぇ」

「なにニヤニヤしてんだ店主てめえ！　いいから早く私らに武器を見繕えっつーの！」

「はいはい。で、予算は？」

ジゼルに怒鳴りつけられた女店主さんは肩をすくめて受け流すと、何事もなかったかのように本題へ移るのだった。

な、なんだったんだろう一体……。

そうして僕はドワーフの女店主さんに武器を選んでもらうことになったのだけど、とても大きな問題に直面することになった。それは、

「ど、どれも武器の品質が高すぎて選べない……っ」

僕の予算に合わせて女店主さんがもってきてくれたショートソードはどれもかなりの業物で、優劣なんかつけられない代物だったのだ。

それでもどうにか素振りなどで感触を確かめて二本まで絞り込んだのだけど……そのどちらもがよく手になじんで選べない。

困り果てた僕は、最後の手段に出ることにした。

「ねえジゼル。どっちがいいと思う？」

「は？　な、なんだよ急に。んなもん自分で選べよな」

バスタードソードを選んでいたジゼルが戸惑うように言う。

僕も自分の優柔不断さを気恥ずかしく思いつつ、

「いやなんか、ここまできたらどっちも正解っぽくてさ。ジゼルが紹介してくれたお店だし、せっかくだから最後はジゼルに選んでもらったら後悔しないかなって」

「……っ」

ジゼルはなんだかいろいろ言いたげだったけど、そのうち僕の持つショートソードに視線を向けて、小さくこう呟《つぶや》いた。

「……じゃ、じゃあこっちで。……柄のデザインがお前に似合うし」

ジゼルが選んでくれたのは、柄に少しオシャレな意匠の施された一振りだった。

するとさっきまで悩んでいたのが嘘《うそ》みたいに、こっちのほうが自分にあってるような気がしてくる。自分でもどうかと思うけど、これで迷いなく新しい剣を振るえそうだった。

「ありがとうジゼル、大事にするよ」

「〜〜〜っ。つ、次からはちゃんと自分で選べるようにしとけよな！」

ジゼルはもっともなことを言うと、僕に背を向けて武器選びを再開するのだった。

「……おい、あのガキ、ちょっとタチが悪くないか？」

「ええ。ジゼルもあんなだし、なにかと大変なんですよ店主さん」

女店主さんと《レンジャー》のエリンがなにかこそこそと話していたけど……わいわいと武器を選ぶ孤児組の喧噪《けんそう》に紛れて、その内容はよく聞こえなかった。


武器選びも終わり、お会計を済ませたあと。

お礼を言って店を出ようとする僕を店主さんが呼び止めた。

「ちょっと待ちな。うちで武器を買ってくれたヤツには、手入れの方法も教えてやってんだ」

　女店主さんはそう言って、店の隅から使い古された剣と諸々の手入れ道具を運んでくる。

「武器の手入れには油と砥石《といし》があればまあ素人でもどうにかなるんだが、研ぐときの角度や魔力のこめかたひとつで結果がだいぶ変わってくる。こんなふうに」

「わっ」

　女店主さんが見せてくれたそのお手本に僕は目を丸くした。

　魔力の光に包まれた女店主さんが研磨するたび、ボロボロだった剣が見るからに輝きを取り戻していったのだ。

「近接職は武器に魔力を通わせるスキルが多いよな？　あの感覚をもっと延長する感覚で、砥石のほうにも魔力を流し込む。あと研磨の際、瞬間的に強く魔力を流し込むのもコツだな。それから一息で研いだあとは即座に魔力を弱める。このタイミングが要だ。で、それを繰り返していけば――この通りよ」

「わっ、凄《すご》い！」

　僕の口から再び感嘆の声が漏れる。

　丁寧に説明しながら行われた女店主さんの手入れによって、古剣が最終的に新品同然にまで復活していたのだ。

「お、良い反応してくれるね。いまのは鍛冶《かじ》師スキル込みのガチな研ぎ方だが、しばらく真似してれば共通スキルとして下位研磨スキルが習得できるし、スキルなしでも日々の手入れは武器の寿命を延ばす。損はねえから、いま教えた通りやってみな」

「はいっ」

女店主さんに促され、僕はボロボロの剣と砥石《といし》を手に取る。

(そういえばリオーネさんからもたまに共通研磨スキルのやり方を教えてもらってたけど、本職の研磨スキルはあんな感じなんだ……)

僕に手本を見せるためにわかりやすく魔力の流れを見せてくれた女店主さん。

それを強く意識しながら何度か剣を研いでみた——その瞬間だった。

——シャッ!

「っ!?」

いままでの手入れとはまるで違う手応えとともに、ボロボロだった剣が少しだけ輝きを取り戻したのは。

「は……?」

女店主さんが信じがたいものを見たように固まる。

「……っ!?」

一緒に見学していたジゼルたち孤児組も目を丸くしながら言葉をなくし、僕は「まさか」とステータスプレートを一部だけ表示する。

するとそこには案の定、新たなスキルが出現していた。

《基礎研磨Lv1》
《加工魔力補正Lv1（+5）》

「な……!?　《無職》なのに成長が早いとは聞いてたけど、限度があるだろう……!?」

「わっ!?　ちょ、近いですって!?」

いつの間にか息がかかるほどの距離で僕のステータスプレートを覗《のぞ》き込んでいた女店主さんにぎょっとする。けど店主さんはそんなことお構いなしに整った顔を近づけると、熱っぽい瞳《ひとみ》でいきなりこんなことを言い出した。

「な、なあおいあんた、よかったらうちの工房でその才能を伸ばすつもりはないかい？　ちょっと教えただけで鍛冶《かじ》スキルを習得するセンス……見逃すには惜しい！」

「え!?　い、いえお気持ちは嬉しいですけど、偶然ですよ！　実は前々から研磨スキルは教えてもらってて！　そこに凄《すご》いお手本を見せてもらって、偶然いま発現したってだけですから！」

なんだか凄《すさ》まじい勘違いをしているらしい女店主さんに慌てて説明する。

「そうなのか？　いやだが《職業《クラス》》を授かってまだ二か月だろ？　貴族を下すほどに戦闘スキルを伸ばしてるのに、そこに加工スキルまで発現ってのはいくらなんでも……」

女店主さんは微妙に納得していないような様子だったけど……。

これ以上説明しようとすると、僕にスキルを授けてくれた規格外の師匠たちについても触れないといけなくなる。

僕はジゼルの力も借りて強引に話を打ち切り、そそくさとお店をあとにするのだった。


「ふぅ。武器を新調するだけだったのに、なんだか妙な騒ぎになっちゃった」

ジゼルたちと別れたあと。

僕は軽い溜息《ためいき》を吐《つ》きながら帰路についていた。

あのあと、僕のスキル発現に仰天した孤児組に問い詰められたり、それをジゼルが一喝してくれたりとまたいろいろと大変だったのだ。

けどまあ、良い武器は手に入ったし、新しいスキルまで獲得できた。

息抜きとしてはかなりの収穫があったといえるだろう。ジゼルには改めて感謝だ。

「それにしても……」

僕は再びステータスプレートを眺めながら独りごちる。

「ついでで練習してた鍛冶《かじ》スキルまでこんなに早く発現しちゃうなんて、リオーネさんたちの指導はやっぱり凄《すご》いなぁ」

S級冒険者の指導力を改めて痛感しつつ。

僕は新調した武器を腰に下げ、軽い足取りで師匠たちの待つお屋敷へと戻るのだった。

4

武器を新調した翌々日。

僕は早朝からジゼルたち孤児組と待ち合わせをしていた。

とある理由で喧嘩《けんか》祭りの開会式を見たいと誰かが言い出し、できるだけ良い位置を取れるようにと早めに会場周辺へ向かおうという話になったのだ。

だというのに、

「わわ、少し寝過ごしちゃったかも！　行ってきます！」

日の出前。朝食を詰め込み装備を整え、僕は慌ただしくお屋敷を飛び出す。

「いってらっしゃ～い」

「うむ、気をつけてな」

そうしてテロメアさんとリュドミラさんが優しく送り出してくれる一方、

「おうクロス」

駆け出す僕の背に、一際力強いリオーネさんの声が投げかけられる。

「今日の祭り《ケンカ》、楽しんでこいよ」

「はい！《風雅跳躍》！」

獰猛《どうもう》な笑みを浮かべるリオーネさんに笑みを返し、僕はスキルも使って待ち合わせ場所へ急いだ。


「お、来た来た。おせーぞクロス！」

「ごめん！」

待ち合わせ場所に向かうと既に孤児組の面々は到着していて、ジゼルに大声でどやされる。

「早くしないと開会式会場が埋まっちゃうよ！　ほら、もう向かってる人がいるし！」

《レンジャー》のエリンが言うように、まだ薄暗い時間であるにもかかわらず大通りには装備を調えた冒険者の姿がちらほらと見える。

「よし、そんじゃ急ぐぞ！」

おおーっ！

お祭りのワクワク感と出遅れたことへの焦燥感が合わさり、僕たちはどこか高揚した気持ちで開会式会場へと走るのだった。


喧嘩《けんか》祭りの開会式が行われるのは、春先のポイズンスライムヒュドラ事件で更地となった再開発区だ。

もともと喧嘩祭りの開催を予定して大きな道路や広場を作る予定だったらしい再開発区はい

まやすっかり開けた空間で、開会式にどれだけの人が集まろうと余裕で収容できそうだった。

……と、昨日までは思っていたのだけど。

僕たちが辿《たど》り着いた開会式会場は、想定を遙《はる》かに超える賑《にぎ》わいに包まれていた。

『皆様よくぞお集まりいただきました！　間もなくお待ちかねの開会式に移らせていただきますが、どうか押し合いへし合いなさいませんように！　問題が発生しますと開会が遅れますし、なぜか最近お疲れ気味なサリエラ学長がまたお忙しくなってしまうので！』

冗談を交えた《音響魔導師》の呼びかけが辺り一帯に何度も響く。

開会式挨拶《あいさつ》が予定されている再開発区の中心はそれほどまでに人でごった返していて、凄《すご》いことになっていたのだ。これじゃあちょっと移動するのも一苦労だ。

「もともとバスクルビアはここ数か月でぐっと人口が増えてたけど……まさかここまでなんて」

「ったく。《職業《クラス》》授与の豊穣祭も大概だったが、今日はそれ以上だな」

幸い、僕たちは早めに出発したおかげで開会式挨拶のよく見える場所につけていた。けれどそのぶん人口密度も高く、ジゼルがうんざりした声を漏らす。

正直言って、ちょっと異常なくらいの人出だ。

でも今回の開会式がこれだけ賑わうのも当然だった。

なにせこの開会式では、勇者パーティの末裔《まつえい》と呼ばれる人たちが一堂に会して顔見せすることになっていたから。

ジゼルたちと早朝から待ち合わせしていたのも、その伝説の血筋が勢揃いする場面を見てみたいという声が上がったからだ。

そして僕も当然、伝説の血を引く人たちには強い興味があって孤児組のお誘いに乗ったわけなのだけど……一番気になっていたのは実のところ、勇者パーティの末裔《まつえい》と一緒に登壇するというエリシアさんのことだった。

(前に密会したときは話が盛り上がってまた会おうって話になったけど、最近は決闘や修行で忙しくてずっと顔を合わせられなかったから……)

エリシアさんが元気にしてるか気になって、遠くからでいいから顔を見たいと思ってしまったのだ。そんな筋合いなんて欠片《かけら》もないのに。

(とはいえエリシアさんは勇者の末裔。そのうえ十六歳で最上級職まで上り詰めた天才中の天才だ。周囲からは手厚く扱われてるだろうし、元気じゃないわけがないんだけど)

と、今更ながら自分の余計なお世話っぷりが恥ずかしくなっていたとき。

『さあそれでは時間になりましたので、いよいよ皆様お待ちかね。喧嘩《けんか》祭りの開会式をはじめさせていただきます！』

増幅された司会の声が一際大きく響く。

それと同時に、開会式会場の中心にあった大きな舞台がふわりと宙に浮いた。

高等風魔法による派手な演出だ。

そして遠くからも少し見やすくなったステージ上に、その人は現れた。

『それではまず開会の挨拶《あいさつ》を！　皆様ご存じ勇者の末裔、エリシア・ラファガリオン様にお願いいたします！』

『……ご紹介にあずかりました。エリシア・ラファガリオンです』

「……っ」

久しぶりに見た憧《あこが》れの人の姿に、一瞬息が止まりそうになる。

遠くからでもよくわかる、磨き抜かれた宝剣のような美貌《びぼう》。そして研ぎ澄まされた強者の気配に、会場全体から感嘆するようなどよめきが漏れていた。

僕もそんな冒険者たちと同様、エリシアさんの元気そうな姿に見惚《みと》れていたのだけど――。

「……あれ？」

しばらくエリシアさんを見上げていた僕は、そこで痛烈な違和感を抱いた。

（エリシアさん、なんか凄《すご》く怒ってる……？）

けどその違和感は僕だけが抱いたもののようで、周囲はエリシアさんの登壇にただただ盛り上がっていた。

困惑する僕をよそに、エリシアさんの開会式挨拶は滞りなく進んでいく。

『皆様もご存じの通り。数百年前、突如として現れた歴代最強の魔王――すなわち魔神によって、この世界は滅亡の危機に直面しました。幸い、魔神は初代勇者と呼ばれる私の祖先によって打ち倒され、人族の世界はいまもこうして続いています。しかし――』

エリシアさんが一度言葉を切る。

『伝承によれば、魔神はまたいつか復活するとされています。私たち勇者の一族はそのときに備え、代々強き者をこの血筋に取り込んできました。そのお役目は私の代でも変わりません』

語られるのは、エリシアさんがこの街に来た理由。勇者の使命。

いつか復活するとされる魔神を滅ぼすため、冒険者の聖地と呼ばれるこの街で伴侶《はんりよ》を探しているという崇高なお話だ。

けれど。

演説が進むたびにエリシアさんの声は冷え切っていき、纏《まと》う空気は黒く重くなっていく。

僕にはそう感じられた。

『本日の催しには勇者パーティの末裔《まつえい》と称される私の仲間たちも参加し、皆様としのぎを削る予定です。彼らをも凌《しの》ぐ才覚の持ち主が現れることを期待し、私もお祭りの様子を観戦できればと思います。……それでは皆様、本日は己の才を存分に発揮し、お祭りを楽しんでください』

そう言ってエリシアさんが演説を締めくくれば、会場中から爆発するような歓声が響く。

今年の喧嘩《けんか》祭りの規模が桁違《けたちが》いなのは伝説の血筋が勢揃いすること以上に、伴侶を探しに来たというエリシアさんの影響が大きいのだろう。

改めてそう思わせる熱気だ。

けどその熱気とは裏腹に——エリシアさんの纏う空気はやっぱり痛々しいほどに冷え切っているように見えた。ただ無表情なだけなのとは絶対に違う。

二度の密会を経験したせいだろうか。

僕にはいまのエリシアさんが無理をしているように感じられ、なんだかとても心配になってしまう。

「一体どうしたんだろう、エリシアさん……」

けど《無職》の平民である僕なんかにできることなんてあるわけがなくて。

どうすることもできずに舞台裏へと戻るアリシアさんを見上げていた、そのときだった。

「……あ」

ふと。こちらに目を向けたエリシアさんと目があった。

そう思った次の瞬間、

「あ……」

それまで氷の彫像のように無表情だったエリシアさんが、壇上で柔らかい笑みを浮かべた。

まるで群衆の中から僕を見つけたことがきっかけだったかのように。

「っ⁉」

心臓がドキリと跳ねた。

あまりにも劇的なその変化に、なにかの間違いかと混乱する。

もしや僕の周囲にエリシアさんが好きそうな食べ物の屋台があって、それを見つけただけじゃないかと本気で疑った。

けれど、僕のそんな仮説は即座に粉砕される。

「……クロスだ」

「っ⁉」

壇上で歩く速度を少し落としたエリシアさんの口元が確かにそう動く。

さらにはこちらに小さく手を振ってきたのだ。

重苦しい雰囲気は霧散し、喫茶店で言葉を交わしていたときのようなエリシアさんがそこにいた。

そんなエリシアさんの豹変《ひょうへん》に僕が呆然《ぼうぜん》としていたところ、

「……あ」

エリシアさんは「しまった」というように口元を押さえると、そそくさと舞台袖へ引っ込んでいく。それは彼女が勇者のユニークスキルについて漏らしてしまったときとまったく同じ反

応で。一連の行動が完全に素のうっかりだったのだと僕にはわかってしまった。

「な、なあいま勇者の末裔《まつえい》が俺に笑いかけなかったか？　つーか手も振って……？」

「いや俺にだろなに言ってんだ」

「いや俺だよ！」

「つーか勇者の末裔って笑うのか？　式典挨拶《あいさつ》もそうだが、冒険者学校でも話かけんなオーラ全開でまともに笑ってるとこなんて誰も見たことがねーって話だが……」

呆然《ぼうぜん》とする僕の内心と同様に……というかそれ以上に周囲は大騒ぎだ。

ただ、みんなエリシアさんが《無職》の僕なんかに笑いかけたなんて欠片《かけら》も疑ってないようで、その点は一安心だった。

というか僕自身まだ信じられないくらいだし、気づくわけがないよね。

常に僕の様子を窺《うかが》ってる人がいるならまだしも……と高をくくっていた次の瞬間。

「え？　は？」

僕の隣にいたジゼルが、凄《すさ》まじい顔でこっちを凝視していた。

信じられないものでも見たかのように僕の顔と壇上を何度も交互に見返すと、

「お前いま、勇者の末裔と目が合ってなかったか……？　つーかあの女、お前の名前も呼んでたような……」

「え⁉」

「そういや前に、勇者の末裔がお前の手ぇ握って泣いてたとか嘘《うそ》くせえ噂《うわさ》が流れてたこともあったし……おいまさかお前、S級冒険者だけじゃなくて勇者の末裔ともなんかあんのか……!?」

「い、いやいやいや！　そんなわけないでしょジゼル！」

あまりにも鋭すぎるジゼルの指摘にぎょっとしながら、僕は必死に否定する。

厚意で僕と密会してくれているエリシアさんのことを軽々しく他言するわけにはいかなかったからだ。けれど、

「いやでも明らかに……お前の態度も変だし、どう考えても怪しいだろ。おい、なに隠してやがる。いいからとっとと吐きやがれ！」

「な、なにもないってば！」

ジゼルはなぜかやたらとしつこく問い詰めてきて、僕は冷や汗をかきながら全力で誤魔化《ごまか》す羽目になった。

そんなこんなで――

『さあ勇者の末裔のお次は勇者パーティの末裔の方々に顔を見せていただきましょう！　まずは一人目、ジオドラ・ディオスグレイブ様、壇上へどうぞ！』

式が滞りなく進行していく一方、僕はジゼルの追及やらなんやらに気を取られ、その後の開会式挨拶の内容がほとんど頭に入らないのだった。

せ、せっかく早起きしたのに！

クロスとジゼルが地上で一悶着《ひともんちゃく》を繰り広げる一方。

上空に浮かぶステージの舞台裏でも一人、先ほどのエリシアの異常行動に目を丸くしている者がいた。

＊

勇者パーティの末裔《まつえい》を代々物資面からサポートしている大商会の跡取り娘。

幼い姿で成長の止まる人族、ハーフフットの少女だ。

「え？　え？　エリシアが笑った？　てゆーか観衆のほうに笑いかけてた？　え？」

彼女はあまりの衝撃に我が目を疑い、しばし呆然《ぼうぜん》と言葉をなくす。

しかしそこからふと我に返ると、舞台袖に戻ってきたエリシアに凄《すさ》まじい勢いで詰め寄った。

「ちょっと！　ねえ！　エリシアいまステージ上で笑ってたよね!?」

「…………笑ってない」

「いや笑ってたよね!?」

「……………………笑ってないわ」

エリシアが無表情で否定する。

しかし普段からお喋《しゃべ》りが好きでエリシアにもよく絡むハーフフットの少女に、そんな杜撰《ずさん》すぎる誤魔化《ごまか》しなど逆効果。頑《かたく》なに否定するエリシアの反応に怪しいものを感じとった少女はますますヒートアップする。

「嘘《うそ》！　絶対に笑ってた！　しかもなんか手まで振ってたし！　絶対におかしい！　各国の大貴族や王族にも無愛想かましまくって国際問題にしかけたこともあるエリシアが！　勇者パーティの末裔はもちろん、幼なじみの私にもぜんっぜん笑ってくれないエリシアが！　あんな優しい笑顔浮かべるなんて絶対におかしいよ！」

「……いやだから、私は別に、笑ってなんて……」

「しかも今日はあんな『全力で男漁りしますぅ』みたいな演説させられていつも以上に不機嫌だったのにさぁ！　ねぇねぇなにがあったの!?　ねぇねぇねぇねぇ！」

「……」

「そういえば最近、ふらっといなくなったと思ったら地味に機嫌よくなって帰ってきたこととかあったよね？　もしかしてなにか関係が？　だとしたら余計に興味が湧いてきてこれはなんとしてでも理由を聞き出さな――ちょっ、エリシア!?　首はダメでしょ首は!?　ちょ、本当に息が……誰かーっ！　ジオドラでもギルバートでもいいから誰か助けてーっ！　エリシアに締め落とされ――うきゅっ!?」

「……ふぅ」

そうして。

エリシアの雑な口封じの甲斐もあり、伝説の血筋がそろった喧嘩《けんか》祭り開会式は表向き何事もなく進行していった。

5

開会式が終了すると同時に、集まっていた人たちはそれぞれの区画を目指して移動を開始することになった。

喧嘩祭りがいくら野蛮な催しとはいえ、そこには一定のルールが存在する。

その一つが《職業《クラス》》制限。

下級職、中級職、上級職を大雑把に別々の区画にわけて、できるだけ近いレベルの人同士で戦えるようにしているのだ。

「クロス。てめえは決闘で中級職に勝ったんだし、私と一緒に中級職エリアだな」

というわけで僕とジゼルが目指すのはレベル20～35くらいの人が集まる下位中級職エリア。

今日のお祭りにはあまり積極参加しない魔法職やレンジャー職の孤児組も観戦がてら僕とジゼルについてきていた。

人混みに揉《も》まれてようやく到着したのは、再開発区の南端に位置する区画だ。

この辺りまで来ると建物も多くなり、幅広の道路には屋台がたくさん並んでいる。

そんな賑々しい街並みに鳴り響くのは派手な戦闘音だ。

「──《俊敏強化》！　《穿ち抜き》！」

ガギイイイン！

開会式挨拶《あいさつ》を間近で見ることの叶わなかった人たちだろうか。

そこかしこで既に激しい喧嘩が巻き起こり、人垣を作った観客たちが乱暴に囃《はや》し立てていた。

既に怪我人《けがにん》もたくさん出てるけど……聖職者《プリースト》系《職業《クラス》》の人たちが率先して治療しており、大事には至っていないようだった。

「っていうか《聖職者《プリースト》》の人たち、むしろ怪我人が早く出ないかうずうずしてるよね……」

「そりゃまあ、いい感じに大怪我《おおけが》した人がいないと回復スキルの練習もしづらいし。安全な街中で回復スキルを伸ばせる良い機会だもん」

「まあそうなんだけど……」

毎度のことながら、冒険者の聖地だけあって乱暴なお祭りだよなぁ。

僕が《レンジャー》のエリンと話しながら少し引いていたところ、

「さーて、んじゃ暴れっか」

喧嘩の空気に当てられたように、ジゼルが新調したバスタードソードを抜き放つ。

僕とエリシアさんの関係については『まあ、さすがにあり得ねえか……』と疑うのをやめてくれたようで、いまは喧嘩のことしか頭にないみたいだった。ほっ。

こっそり胸をなで下ろす僕の隣でジゼルが血気盛んに叫ぶ。

「貴族どもとの決闘は戦場が森だったせいで内容非公開だったからな！　カトレアたちが雑魚だっただけだろ、って私らを侮ってる連中はまだ多い。だから今日はそいつら全員黙らせるつもりでやんぞ！　わかったなクロス！」

「う、うん！」

言うが早いか、ジゼルは人混みの中に突貫。通り魔みたいな勢いで喧嘩《けんか》をふっかけにいってしまった。

前々から思ってたけど、ジゼルはやっぱり冒険者の申し子みたいな気性だよね……。

「それじゃあ僕も喧嘩をふっかけないとだけど……どうしよっかな」

周囲をキョロキョロと見回す。

ジゼルの言うことももっともだし、今日は良い腕試しになるだろうから積極的に戦ってこいとリオーネさんたちからも言われている。

なので僕も喧嘩の相手を探すのだけど、

「こういう荒っぽい雰囲気に慣れてないからどうしていいのかわかんないや……」

そんな僕に、孤児組の面々が若干呆れたような声を漏らした。

「お前、ジゼルや貴族の取り巻きをタイマンで倒せるようになったのに、そういうへなちょこっぽいとこは全然変わってねーのな」

「ねー。強くなったらもっとこう、ジゼルみたいな感じになりそうなものなのに」

「そ、そういうものかな……？」

と、孤児組の面々と軽く言葉を交わしながらお祭りの雰囲気に気後れしていたときだった。

「「「うおおおおおおおおおっ！」」」

近くの人垣から、一際大きな歓声が噴き上がる。

「すげえぞあのドワーフ！　これで8人抜きだ！」

「しかもほぼ無傷！　本当にレベル28かぁ!?」

なんだ？　とそちらに目を向けてみれば、人垣の中心にもの凄《すご》いガタイのドワーフがいた。

「ガハハ！　もっと強いヤツはいねえのか！」

鉄棍《てっこん》を振り回して豪快に笑うその人はいかにも歴戦の戦士といった風体で、その相貌《そうぼう》は睨《にら》んだだけで小動物くらいなら殺せそうな強面《こわもて》だ。

「うわ、おっかねえ。あんなのとは間違っても戦いたくねえな……」

孤児組の一人が戦《おのの》くように呟《つぶや》いたそのとき。

「ん？　おい、お前あの授賞式でベソかいてた《無職》じゃねえのか!?」

「え」

人垣の向こうから僕の視線に気づいたらしいドワーフさんが大声を張り上げる。

そのままドスドスとこちらに近づいてきて、その強面で僕の顔を覗《のぞ》き込んできた。

「やっぱりそうだ！　いやな、お前さんが中心になって貴族に勝ったと聞くんだが、《職業《クラス》》授与式でのへなちょこな印象が強くてな。ずっと気になってたんだ。本当にそんな実力があるのかってな！」

ドワーフさんは畳みかけるように言うと、ジロジロと僕を観察してくる。

かと思えば少しイタズラっぽさを含んだ笑みを浮かべ、はっきりと宣言した。

「というわけでどうだ小僧。いっちょ俺と喧嘩《けんか》してみねえか!?」

「！」

ドワーフさんによる唐突な喧嘩のお誘い。

それを聞いた周囲から半笑いのヤジがあがる。

「おいおいやめてやれよ。レベルも体格もどんだけ差があると思ってんだ」

「貴族パーティに勝ったらしいけど、さすがにそのタイマンは無茶だろー」

「ガハハ。ま、確かに手合い違いか。悪かったな小僧。実力が気になったのは確かだが、俺も《無職》の子供に本気で挑むつもりは――」

「わ、声をかけてくださってありがとうございます！」

ヤジを聞いたドワーフさんがなにか言いかけていたけど、僕はそれを遮るような勢いで返事していた。

なにせどう喧嘩を売ればいいのかわからないところに、向こうから売りに来てくれたのだ。

これ幸いとそのお誘いに飛びつくのは当然だった。

「喧嘩を売るなんて慣れてなくて困ってたんです。ええと確か、お互いにステータスプレートのレベルだけ見せて、合意すればタイマン成立なんですよね？」

「おいクロス⁉　マジでやる気か⁉」

喧嘩祭りの作法を確認する僕に、孤児組の面々がぎょっとしたように声を漏らす。

周囲の野次馬も「え、本気か？」とざわつきはじめ、声をかけてくれたドワーフさんまで目を丸くする。

「……言っとくが、やる以上は手加減しねえぞ？」

「？　もちろん。僕も本気でいくので、よろしくお願いします！」

そうして僕とドワーフさんは円陣の中心で向かい合う。

「おいおい、あのガキマジでレベル0だったぞ！　レベル0と28の喧嘩だ！」

「大丈夫かこれ⁉　いまのうちに腕の良い《聖職者》《プリースト》呼んどけ！」

周囲の人垣が大盛り上がりし、それに引き寄せられるようにどんどん観客が増えていく。

（な、なんだか復学試験を思い出す注目度だなぁ）

《無職》の悪目立ちっぷりに少しきまりが悪くなる。

そんな僕のすぐ後ろから、孤児組の困惑しきった声が聞こえきた。

「お、おいクロス。お前いきなりあんな強面《こわもて》ドワーフとやりあうとか怖くねえのかよ!?　レベル28って、決闘のとき戦った貴族の取り巻きたちより上だぞ!?」

「え?」

言われてみれば……。

以前の僕ならこういう場面では慌てるか萎縮《いしゅく》してしまっていただろう。

いやまあ、いまも少なからず萎縮している部分はあるんだけど……それよりむしろ、

（……ちょっと、ワクワクしてる?）

なんだこれ、と僕は自分の変化を不思議に思うのだけど、それに構ってる暇はなかった。

位置に着いたドワーフさんが鉄棍《てっこん》を構え、こちらに強い視線を向けてきたのだ。

「それじゃあ、手ぇ抜くのは失礼ってなもんで……こっちから行くぞおおおおっ！」

「っ！」

ドワーフさんが野太い雄叫《おたけ》びをあげながら突っ込んでくる。

瞬間、重圧がかかるような感覚とともに肌がビリビリとあわ立った。

これは――

「出た！《重戦士》の威圧スキル！　あれで動きが鈍ったところを一気に攻め潰《つぶ》すんだ！」

「うおりゃあああああああっ！」

観客の歓声に応えるように、ドワーフさんが威圧スキルを発動したまま鉄棍を振るう。

攻撃特化の《職業《クラス》》でなくとも高い膂力《りょりょく》を発揮するドワーフの重い一撃だ。

確かに普通ならこれで一気に勝負が決まるだろう。けど。

（リオーネさんの《威圧》に比べたらなんでもない！）

むしろ戦いの合図みたいで一気に身体《からだ》が熱くなる。

「やあああああああっ！」

僕は鉄棍を躱《かわ》すと、ドワーフさんの横っ面に剣を叩き込んだ。

「なっ⁉」

ガギイイイインッ！

甲高い金属音が響き渡る。

僕の反撃をドワーフさんがギリギリで受け止めたのだ。

さすがにスキルもろくに使ってない一撃が入るほど甘くはない。

「小僧、お前……っ⁉」

けどその一刺しはドワーフさんの闘争心に一気に火をつけたらしい。

驚愕《きょうがく》に歪《ゆが》んでいたその強面が次の瞬間には強く張り詰め、本気の目が僕を射貫く。

その視線を受けて、僕の身体がさらに熱くなった。

「いきます――《身体能力強化》！　《中級剣戟《けんげき》強化》！」

「……っ！　中級スキル《武装強化》！　《纏硬化》！」

僕のスキル発動を受け、ドワーフさんも負けじとスキルを重複発動。

先ほどの小手調べとは比べものにならない攻撃が頬《ほお》をかすめる。けど僕はリオーネさん仕込みの身のこなしで構わず前へと突っ込んでいった。

ガギンッ！　ドゴッ！　ギャリギャリギャリ！

僕がドワーフさんの鎧《よろい》に攻撃を叩き込む音。

あるいは回避しきれなかったドワーフさんからの攻撃をなんとかいなす音が何度も響く。

「お、おいどうなってんだありゃあ⁉」

「レベル0の《無職》が8連勝中のドワーフと互角にやりあってんぞ⁉」

一息遅れて周囲から驚愕《きょうがく》と困惑の声が上がるも、もうそんな声も聞こえない。

意識の中にあるのは眼前で展開するギリギリの攻防といまの自分の状態だけだ。

（身体《からだ》が軽い……！）

リオーネさんとの模擬戦とも少し違う心地良い緊張感が全身を満たしていて、ただひたすら目の前の戦いに没頭している実感があった。

そうして互いの研鑽《けんさん》がぶつかりあう気持ち良い攻防の最中、僕の脳裏に一つの考えが浮かぶ。

（リュドミラさんの教えてくれたあの戦い方を、いまの僕が取り入れるとしたら……）

それはまるで、友達と遊んでいる最中に別の遊びを思いつくような感覚。

特に追い詰められているわけでもないのに、思いつきの戦法をいきなり実践で試すなんて馬鹿げてる。

けど戦いの中で身体全体を満たす高揚感が、どうしようもなく僕を突き動かしていた。

瞬間、僕はドワーフさんから一気に距離を取る。

口ずさむのは、翼を授ける風の唄だ。

「纏《まと》え羽衣　かいなの空隙《くうげき》　舞い散る花弁をさらうがごとく――」

「「っ!?　なんだ!?　魔法!?」」

僕の詠唱に人垣からどよめきが起こる。

「……っ!?　《無職》が魔法スキルも使えるというのは本当だったか！　いやだが、この距離で魔法詠唱など完成させるか！」

驚愕に固まっていたドワーフさんが、けれど状況に即応して突っ込んでくる。

回避に専念する僕をすぐさま追い詰め、鉄棍《てっこん》を薙いだ。が、

「――《風雅跳躍》！」

詠唱の短い《風雅跳躍》はドワーフさんの攻撃直前に完成。

風が吹き荒れ、僕の身体に近接職を超える機動力が付与される。

そして僕は、上空へと跳んだ。

「消えた!?」

吹き荒れる土埃《つちぼこり》に目をすがめながらドワーフさんが周囲を見渡す。

その無防備な頭部めがけ、僕は空中でショートソードを振りかぶった。

けどそこはさすがに8連勝を飾った中級職。

「っ！　上か！」

ドワーフさんはギリギリで僕の存在に気づき鉄棍《てっこん》を振り回した。

僕の想定どおりに。

「《風雅跳躍》！」

瞬間、僕はさらに風を巻き起こす。

本来なら身動きの取れない空中で体勢を微調整。

紙一重で身体《からだ》を捻《ひね》り、咄嗟《とっさ》のことで精彩を欠くドワーフさんの迎撃を完全にいなした。

そしてそのいなされた力は――ドワーフさん自身へと牙《きば》を剝《む》く。


「空中クロスカウンター！」


「なっ⁉　ぐおおおおおおおっ⁉」

ドゴシャアアアアアアッ！

ドワーフさんの分厚い身体に強烈な一撃が叩き込まれた。

僕の膂力《りょりょく》、落下速度、ドワーフさん自身の力。

そのすべてが一点に集約し、鎧《よろい》の砕けたドワーフさんが地面にめり込む。

「な、が……！　な、んだ、そのスキルの使い方は……⁉」

驚いたことにドワーフさんはそれでもまだ立ち上がる気力があったようで、愕然《がくぜん》と漏らしながら身体を起こした。けれど――ピタッ。

その喉元《のどもと》に、着地した僕のショートソードが突きつけられる。

「……っ⁉」

信じられないとばかりにドワーフさんの瞳《ひとみ》が見開かれた。

それからしばらく、時間が止まったかのような沈黙が流れたあと、

「う、ぐ……ま、参った」

愕然と言葉をなくしていたドワーフさんが、両手をあげてきっぱりと降参の意を示した。

瞬間――ドオオオオオオオオオオッ！

喧嘩《けんか》の行方を見守っていた観客から地鳴りのような歓声が爆発した。

「なんだあいつ⁉　近接スキルだけじゃなくて魔法スキルまで使いやがったぞ⁉」

「つーかカウンターなんて平民がどうやって習得すんだよ⁉　いやそもそも空中でカウンターってなんだ⁉」

「おいこれ、ガチで普通に実力のある貴族に勝ったんじゃあ……」

「だ、誰だよクロスのやつをへなちょこのままだなんて言ったのは……」

「あんただよ……」

その場にいた誰もがいまの戦いの感想を口にする。

だけどそんな喧噪《けんそう》も僕の耳にはやっぱり届いていなかった。

「……っ」

ただただ、いまの戦いの熱が全身を満たしていて心地良い。

と、喧嘩《けんか》の余韻に浸っていた僕の肩にズン！　と衝撃が走る。

「おい小僧！」

いつの間にか立ち上がっていたドワーフさんが僕の肩に手を置いていたのだ。

ドワーフさんはその強面《こわもて》に豪快な笑みを浮かべ、言葉を続ける。

「やるな！」

「！」

「《無職》なんて大したことないだろうと見くびってたんだが、完全に俺の間違いだった。お前みたいな変わり種と戦えて楽しかったぞ、またやろう！」

「っ！　はい、ありがとうございます！」

そうしてドワーフさんと握手を交わした僕は、ああそうか、と自分の変化に気がついた。

復学試験。危険度《リスク》4モンスターとの死闘。そしてカトレアさんたちとの決闘。

たくさんの戦いを通して、そしてそれらを乗り越えられる力を与えてくれた師匠たちとの修行を通して。

僕は多分、研鑽《けんさん》のぶつけあいを楽しいと思えるようになってきているのだ。

「……っ」

『まずは喧嘩を楽しいと思えるところからだな』

そう言って稽古《けいこ》をつけてくれたリオーネさんの教えがようやく自分の中で芽吹いたような気がして、ぐっと胸が熱くなる。

その熱に背中を押されるようにして、僕はさらなる喧嘩の嵐に飛び込んでいった。

＊

予期せぬ実力者の登場に喧嘩祭りが盛り上がりを見せるなか。

喧嘩可能区域の近くにある鐘塔の上に、三つの人影があった。

世界最強クラスと称される怪物、S級冒険者たちだ。

三人は最上級職を超える頂点職の視力で眼下を見下ろし、満足げに声を漏らす。

「よしよし。クロスのヤツもだいぶ実戦を楽しめるようになってきてんな」

「うむ。リオーネのように野蛮な育ち方をするのではないかと少し不安だったが、あれならば問題ないな。自分から積極的に挑む姿勢は、戦闘の試行錯誤にも繋《つな》がる重要な資質だ」

「えへへ～。魔法練習のときから実戦は交えてたけど、これなら本格的に実戦修行を増やしてもよさそうだね～」

一人の少年の戦いっぷりを上機嫌に観戦しながら、屋台で購入したそれぞれの好物を頬張《ほおば》る。

喧嘩《けんか》に参戦することこそないものの、彼女たちは彼女たちで冒険者の祭典を存分に満喫するのだった。

6

「よーし、次は俺だ！《無職》のガキ、まだへばってねえよなぁ!?」

「はい、よろしくお願いします！」

人混みから現れた新たな挑戦者に、僕は今日何度目になるともしれない返事で応える。

すると周囲がまたドッと盛り上がり、観戦の人垣がさらに分厚くなっていった。

（ええと、これで何戦目だっけ……？）

指折り数えてみるも、なんだかもうよくわからない。

ドワーフさんを倒してからというもの、僕のもとには喧嘩の申し込みが殺到していたのだ。

あり得ない組み合わせのスキルを所持する《無職》と戦ってみたいという人。

生意気だから潰《つぶ》してやるという人。

とりあえず連勝者に挑みたいという人、等々。

一度騒ぎになれば様々な人から目をつけられ、連戦に次ぐ連戦が僕を襲った。

けどそんな連戦をこなしているのは僕だけじゃなくて、

「っしゃオラアアアア！　次こいや次――っ！」


近くの人垣から、ジゼルの野性味溢《あふ》れる勝ちどきが響き渡る。

「お、おいおい……あの《無職》がもう10連勝したと思ったら、ジゼル・ストリングのほうも6人抜きだってよ!?」

「復学試験で《無職》に負けたから大したことないとか言われてたけど、とんでもねえ！」

「どうなってんだこいつら!?　本当に今年〈ギフト〉を授かったばっかの孤児か!?」

ジゼルも僕と並んで盛大に暴れ回っているみたいで、喧嘩祭りの盛り上がりに華を添える。

そうして戦っているうちに周囲の目も変わってきて、孤児組を侮るような空気が明らかに変わりはじめていた。ジゼルの当初の目的通りだ。

（よーし……もっと頑張るぞ！）

勝つたびに孤児組への過小評価を払拭できるのが嬉しくて、戦いへの集中力がさらに増していく。

それはジゼルも同じようでガンガン喧嘩《けんか》を売りまくっていくのだけど――当然、いつまでも戦い続けられるものじゃない。

「っし、とりあえず勝ち星は十分稼いだな。おいクロス、そろそろ休憩にすんぞ」

「うん、そうだね」

僕とジゼルは折を見て喧嘩を切り上げ、大通りの端へと一時退避していた。

早めの昼休憩も兼ねて、怪我《けが》だらけの身体《からだ》を回復させるためだ。

「ふーっ。やっぱりレベル30を超えてくると簡単には勝てないや。祭りのルール内だから判定勝ちできたような喧嘩もあったし。やっぱり強い人が多いね。全身ボロボロだ」

「けっ。それで最終的に《無職》が13連勝ってんだからな。普段どんな修行してんだか」

そんなやりとりをする僕らのもとに、観戦に回っていた孤児組が駆け寄ってきた。

「お疲れ二人とも！」

「すげえよお前ら！　クロスはまあいろいろおかしいとして、ジゼルも8人抜きでめっちゃ目立ってたぞ！」

「俺たち下級職のほうはまあ普通の戦績だったから早めに切り上げてこっち来たんだけど、お前ら二人がこんだけやってくれりゃ十分だな！」

僕たちが戦っている間に屋台から集めてくれたのだろう。

大量の食事やポーションを広げながら孤児組が口々に盛り上がっていた。

「準備がいいな。んじゃ早速、回復ポーションと魔力ポーション両方飲んで、喧嘩の続きに備えっか」

「あ、ちょっと待ってジゼル」

回復ポーションを飲もうとするジゼルを慌てて制止する。

あ？　と訝《いぶか》しげな顔をするジゼルに、僕は頭を掻《か》きながら続けた。

「言うのを忘れてたんだけど、実は僕、回復スキルも習得したんだ」

「……は？」

「見てて」

目を丸くするジゼルたちの前で、僕は自分の胸に手を当てる。

そして恥ずかしい思いをしながら習得したその新しい詠唱を口ずさんだ。

「目覚めよ鼓動　命の息吹　巡りし力は癒やしの担い手　――下級回復魔法《ケアヒール》」

瞬間、僕の掌《てのひら》から熱が染みこみ、全身の傷が少しずつ消えていった。

詠唱が短い分、回復速度は遅い。

けれど傷が塞《ふさ》がると同時に疲労感も多少軽減し、軽やかに身体が動くようになる。

「まだＬｖ１のスキルだけど、時間をかければ骨のヒビくらいまで治せるから。ポーションの飲み過ぎは身体にあんまりよくないし、回復は僕に任せて」

「なっ!?　ちょっ、おいおい、マジで回復スキルまで習得してんのかよクロス!?」

「どんどん無茶苦茶になってくな、お前……」

僕が見せた回復スキルに孤児組の面々がぎょっと目を見開く。

僕はそれを「あ、あはは」と誤魔化《ごまか》しながら、この場で一番怪我《けが》の多い人に向き直った。

「はい、じゃあまずはジゼルから」

「お、おう」

ジゼルが戸惑いつつ、切り傷のできた腕を突き出してくる。

僕は詠唱しつつ、その肌にそっと触れた。その途端、

「ああ!?　ちょっ、なにすんだてめえ!?」

「ええ!?」

ジゼルがいきなり飛び退いて、火を噴きそうなほど顔を赤くする。

ど、どうしたの!?　と面食らっていると、ジゼルが凄《すご》い勢いで睨《にら》みつけてきた。

「な、なに回復魔法にかこつけていきなり触ってきてんだてめえ！」

「え、いやだって、回復スキルは上級でもなきゃ手で触れないと上手く発動しないでしょ？」

「……っ。そ、そういやそうだった……っ」

僕の指摘にジゼルが押し黙る。

そしてなにやら葛藤するように目を泳がせると、「はっ」となにかに気づいたように孤児組

の一人に駆け寄った。《聖職者見習い《プリースト》》の女の子だ。

「クロスはこのあとも喧嘩《けんか》で魔力使うだろ⁉　私はこっちに治療してもらうからてめえはこっち来んな！」

「ごめーんジゼル。もう魔力ポーション何本も飲んで下級職連中を治療しちゃったから、ジゼルにやるぶんの回復魔法はないわー」

「ああ⁉　お前それ本当だろうな⁉」

「ホントホントー」

《聖職者見習い《プリースト》》の子がなぜかニヤニヤしながら言う。

ジゼルはしばらくその子の胸ぐらを摑《つか》んで揺さぶっていたが、やがて埒《らち》があかないと判断したのだろう。うぐぐ、と唸り声を漏らし、

「わ、私は別にポーションで十分だからほっとけ！」

そんなことを言い出した。いやいや。

「いやジゼル、さっきも言ったけど、ポーションの飲み過ぎはあんまりよくないから。魔力ポーションを飲むなら傷のほうはスキルで回復したほうがいいよ？」

説得するもジゼルは無視。

なぜか頑《かたく》なに回復スキルを拒否するので困っていたところ、隣から大きな溜息《ためいき》が聞こえてきた。《レンジャー》のエリンだ。

「はー。まったく世話が焼ける」

エリンは呟《つぶや》くと、なにやら周囲に耳打ちを開始。

途端、僕の前に孤児組が列を成し始めた。

「あたしはクロスに回復してもらおー。ポーション代もったいないし」

「だな。スキルで回復してもらうに越したことねーよ。クロスのスキル練習にもなるし」

「私も私も」

そして僕が頼まれるそばから回復スキルを行使する傍ら、エリンがなにやらジゼルに近づき、

「ほらー。みんなこうやって普通に回復してもらってるのに、ジゼルだけ拒否ってたら変な勘違いされちゃうかもよー？」

「なっ!?　ぐ、てめ……っ」

一体なにを吹き込まれたんだろう。

ジゼルはしばらく追い詰められたように顔をしかめていたのだけど、やがて観念したかのように固い声を漏らした。

「……チッ。まあ安上がりで戦闘継続できるっつーなら、回復されてやるよ」

言って、ジゼルはまるで言い訳するように早口で続ける。

「今日の祭りで品定めしてんのは勇者の末裔《まつえい》サマだけじゃねえし、使えるもんはなんでも使って戦果をあげとかねえとだからな。……できる限りの好待遇を引き出すためにも」

「え？」

好待遇？

まるで今日のお祭りに孤児組の評価を引き上げる以上の目的があるみたいなジゼルの物言い。

それがどういう意味なのか、回復魔法をかけながら聞こうとしたそのときだった。

パチパチパチパチ！

突如、どこからか拍手の音が鳴り響く。

かと思えば周囲の人垣が同時に二か所割れ——

「いやはや、素晴らしい戦いぶりだったよ君たち！」

「クロス・アラカルトにジゼル・ストリング。どちらも今年《職業《クラス》》を授かったばかりとは思えないわ」

それぞれ別方向から身なりの良い二つの集団が現れた。

そのどちらもが、僕らに強い視線を向けて。

7

それぞれの集団を率いていたのは、背の高い男性と小柄な女性だった。

立派な装備に身を包んだ両者は僕とジゼルに目を向けると、なにやら急に語り出す。

「いや実に見事だった。多彩なスキルに連戦をこなしてなお枯れる気配のない魔力。あのカトレア・リッチモンドを下したというのも頷《うなず》ける！　《無職》とはとても思えない」

「中級職《撃滅戦士》になって日が浅いにもかかわらず、このレベル帯で連勝するセンスと一撃の破壊力。加えてユニークスキルまであるというのだから、十数年に一人の逸材というのも納得だわ」

「え、ええっと……」

二人は口々に僕とジゼルを褒《ほ》め称え、競うようにぐいぐいと迫ってきた。

一体なんだろうこの人たち……と困惑していると、そんな空気を察したのだろう。

二人は「「おっと、これは失敬」」と居住まいを正すと、改めてこちらに向き直った。

「自己紹介もせず申し訳ない。俺はガドルク・モブルク。三王勢力が一角、フランシュテイン派に属するモブルク伯爵家の長男だ」

「私はリアナ・モブリーナ。三王勢力が一つ、フォレスティーゼ派に属するモブリーナ伯爵家の長女よ」

「……っ!?　両方とも伯爵家の跡取り!?」

身なりの良さや立ち居振る舞いからなんとなく察してはいたものの……両者が中堅貴族と

確定したことで僕ら孤児組の間に強い緊張が走る。

なにせ伯爵家といえば、僕らに理不尽な決闘を仕掛けてきたカトレアさんと同じ爵位なのだ。

フランなんとか派とかフォレなんとか派とかはよくわからないけど……またなにかろくでもない要求でもされるんじゃないかと警戒するのは当然だった。

「さて、それでは自己紹介も済んだところで」

「本題なのだけど」

一体どういう要件なのかと身構える。

すると貴族の二人は僕とジゼルを真っ直ぐ見据え、真剣な口調で要件を切り出した。

「君たちには是非、我々の派閥に力を貸してほしい」


「え」

先ほど僕たちを褒《ほ》め称えていたとき以上の熱量。そして真摯な態度に失礼ながら面食らう。

そして彼らの言葉はそれだけでは終わらない。

「重ね重ね、君たちの力は素晴らしい。先ほどの喧嘩《けんか》を見て確信した。君たちは我々にとってかけがえのない力になるだろう。是非我々フランシュテイン派に加わり力を発揮してほしい」

「いやいや、君たちをより評価しているのは私たちフォレスティーゼ派よ。横暴な貴族に立ち向かう気概に、それを打ち倒す実力。是非とも傘下に加わってほしい人材だわ」

「……おい、さっきからなんだ貴様は。いまは俺が彼らを勧誘しているのだから邪魔するな」

「は？　私のほうが先に目をつけていたのだけど？」

「え、え、ちょっ」

喧嘩を始めそうな勢いで迫ってくる二人の貴族に圧倒される。

そこで僕はようやく彼らの要件を正確に把握した。

（あ、これ……勢力拡大を目指す貴族の傘下集めだ）

勇者の末裔《まつえい》が滞在するこの時期、バスクルビアは貴族にとって格好の勢力争いの場となる。

彼らは将来の安定した領地経営のため、この街で腕を磨き、優秀な人材を募り、派閥の名を挙げることを目指すのだ。モンスターなどの脅威から領民を守らなければならない貴族にとって、武勇はもっとも重要な功績のひとつだから。

（そうか、よく考えればこの喧嘩祭りは貴族の人にとっても人材発掘の良い機会なのか）

カトレアさんに勝利したとはいえ、決闘内容が非公開だったせいで僕たちの実力はまだ多くの人に疑われている。だから貴族の人たちはこのお祭りで僕らの実力が本物かどうか確認し、そのうえで勧誘しに来たのだろう。

《無職》の僕がジゼルを倒してしまったことで悪化していた孤児組の評価が順調に回復しているのは素直に嬉しく思う。

けれど——

（傘下に入れって、要するに「自分たちの言うことを聞け」「派閥の利益のために働け」って話だよね？　熱心に勧誘してくれてるけど、下につけって話なのは間違いないわけで……そうなると荒くれ者代表みたいなジゼルがどんな反応するか）

場合によってはカトレアさんのときみたく厄介なことになるんじゃあ……と恐る恐るジゼルのほうを振り返ったところ、

「よーし、思ったより早く釣れたな」

小さく呟《つぶや》きながら、ジゼルがなにやらニヤリと笑みを浮かべていた。

その笑顔をそのまま貴族の人たちへ向け、予想外の言葉を口にする。

「へー。三王勢力の貴族様が直々に勧誘に来てくれるなんて光栄っすね」

「えっ」

光栄って、もしかして皮肉かなにか？

発言の真意がわからず困惑する僕の傍らで、ジゼルはさらに続ける。

「傘下入りの話、受けない手はないっすね。けど私らとしちゃあ、どっちの派閥につくかは死活問題。どちらも王国を代表する大派閥ですし、そう簡単には決められません。今後のためにもじっくり相談していきたいっすね」

ええええええええええっ!?

ひ、皮肉でもなんでもない。

あのジゼルが、ちょっと砕けた感じとはいえ敬語を使って傘下入りを前向きに検討してる!?

あのジゼルが！

僕が衝撃に固まる一方、ジゼルから前向きな返事をもらった貴族たちが一気に色めき立つ。

「ならば是非我々の派閥に！　待遇も平民にはもったいないほどのものを約束しよう！」

「待遇ならばこちらも負けてないわ！　スキルアップに必要な設備や人材も提供できる。こちらにつくのが必ずあなたたちの将来のためよ！」

「はあ？　なにがスキルアップに必要な人材だ。それも我々のほうが優れているに決まっているだろう！」

「なにを根拠にそんなことを言っているの？　という本当にさっきからなんなの？　勧誘の邪魔だから消えてちょうだい」

「そっちが消えろ」

「なに、やる気？」

「そっちこそやる気か？　恥をかくことになるぞ？」

派閥の面子《メンツ》なんかもあるせいか、互いに一歩も譲らない貴族たちが遂に本格的な睨《にら》み合いをはじめてしまう。一触即発だ。

ど、どうするんだこれ……と戸惑いつつ、僕はその隙《すき》にジゼルへと声をかけていた。

「なんか、意外だね」

「あ？　なにがだよ」

「いや、ジゼルのことだから貴族の下になんかつけるかーって突っぱねると思ってたから」

「ああ？　んなわけねえだろ馬鹿な野人じゃあるまいし。私のことなんだと思ってんだ」

ジゼルは呆れたようなジト目で僕を睨《にら》む。

「カトレアのときは向こうがバリバリに見下してきやがったから、汚名返上のためにも全力で嚙《か》みついたけどな。さすがに勇者パーティの末裔《まつえい》をトップに据えてる三王勢力相手にいつまでも突っ張ってられるかっての」

ジゼルのその言葉に、僕は目を見開いた。

「勇者パーティの末裔が貴族派閥のトップ……？」

「……お前はホント、なんも知らねえな」

そう言って溜息《ためいき》を吐《つ》くジゼルが説明してくれたところによると――この国の貴族は三王勢力と呼ばれる三つの大派閥に分かれているらしい。そして代々それぞれの派閥を牽引《けんいん》しているのが、勇者パーティの末裔と呼ばれる三つの血筋なのだそうだ。

その実力は決してお飾りなどではなく、特に今代の末裔たちはいずれも突出した傑物《けつぶつ》。あのエリシアさんと肩を並べるにふさわしいと称される逸材揃いらしい。

「で、あのカトレアが三王勢力の一角ディオスグレイブ派に属してて、そこで私らを取り合ってる貴族が残りの二派閥っつーわけだ。いくらなんでも対立し続けられるわけがねーだろ？」

「な、なるほど」

確かに、貴族が徒党を組んでいるだけでかなりの脅威なのに、そのトップにエリシアさんと並ぶような人がいるというならいつまでも対立してはいられない。

こじれる前にどこかの傘下についておいたほうが安心というジゼルの判断も頷《うなず》ける。

「ま、確かに傘下入りすりゃ親分子分みたいなもんで上の命令は絶対に近いからな。できれば御免被りてえよ。けど後ろ盾がありゃなにかと安全だし、こっちの実力が評価されてるなら扱いもそれなりになる。傘下入り自体はそう悪くねえんだよ」

言って、ジゼルが勝ち気に笑う。

「いまは貴族連中の間で私らの価値が跳ね上がってるからな。なにせ私らに負けりゃあ、それだけで貴族としての評価が地に落ちるんだ。敵派閥への牽制《けんせい》にはもってこいだし、味方につけときゃ少なくとも『孤児や《無職》に負けた貴族』にはならないで済む。とにもかくにも私らを傘下に欲しいって状態なんだよ」

「ええ……」

ジゼルの分析に軽く引く。

けどまあ、僕たちに負けたカトレアさんたちの評価を思えば、勢力争いに固執する貴族が熱心に勧誘してくるのも頷ける話だった。

「しかも上手いこと二派閥から同時に声がかかったからな。やりすぎねえ程度に交渉を引き延ばして、やっかみを受けねえギリギリの好待遇で孤児組まるごと傘下入りしてやる」

「ジ、ジゼルはすごいね……」

悪い顔で笑うジゼルの強《したた》かさを空恐ろしく思うと同時、素直に感心する。

なるほど。ジゼルが今日の喧嘩《けんか》祭りにやる気満々だったのは、こういう狙いもあったわけだ。

うーん、それにしても傘下入りか。

傘下入り＝親分子分の関係で命令は絶対に近いとか、《無職》が変な方向に評価されてることとかいろいろと気になることはある。けどまあ――

(立ち回りや交渉が得意そうなジゼルに任せておけば大丈夫、かな?)

孤児組のリーダー格として、街の冒険者とも長く良い関係を築いてきたジゼルのことだ。

僕なんかが心配するまでもなく上手いことやってくれるだろう。

と、交渉の行方を大人しく見守ろうとしていた、そのときだった。


――ざわっ。


突如。辺り一帯が異質なざわめきに包まれたのは。

喧嘩での盛り上がりとはまったく違う。

なにかもっと息の詰まるものを目にしたような困惑のどよめきが、少しずつこちらに近づいてきていた。

（な、なんだ……？）

妙な雰囲気を察した僕とジゼルがそちらに目を向ける。

すると――ザアッ。

先ほど中堅貴族の二人が現れたときよりも遥《はる》かに大きく人垣が割れ、明らかに雰囲気の違う集団が現れた。

「まったく。たかだか中級職の野良試合になんだこの人出は。凡人の多さにうんざりするな」

集団の先頭に立つ美男子が不愉快そうに言葉を発する。

瞬間、周りの空気が一変した。

それは例えるなら、強力な支配者を前にした萎縮《いしゅく》と緊張。

そんな息の詰まる雰囲気が充満するなか、それまで言い争いを続けていた中堅貴族たちが驚愕《きょうがく》に目を見開く。

「っ!?　ば、馬鹿な!?　なぜあんな大物がここにいる!?」

そしてお祭りの空気を一変させたその人物の名を、畏怖《いふ》するように口にした。

「ディオスグレイブ派の第四位、ギムレット・ウォルドレアだと……!?」

第二章　男の子の意地

1

突如として現れたその人は、凄《すさ》まじい存在感を放っていた。

僕らやカトレアさんよりも年上、二十歳手前くらいのヒューマンだ。

美形といって差し支えない整った相貌《そうぼう》、僕でさえすぐに最高級品とわかる装いはそれだけで周りの人を萎縮《いしゅく》させる威厳に満ちている。

いや、身なりだけじゃない。明らかに纏《まと》っている気配が違った。

細身の美形なのに、〈威圧〉スキルを使っていた先ほどのドワーフさんよりも重い圧を感じるほどだ。

そして纏っている空気が違うのは背後に従える配下の人たちも同様だった。

特に、黒衣に身を包む黒髪の女性は鋭く周囲に目を光らせまったく隙《すき》がない。

明らかに上流階級。それもカトレアさんたち中堅貴族よりも格上だと一目でわかった。

いや、というかそれより、

（ディオスグレイブ派って確か、僕たちが倒したカトレアさんの所属派閥だよね……!?）

それはつまり、あの決闘のせいで散々な評価を受けた派閥の人なわけで。

僕たちに良い感情を抱いていないのはどう考えても明らかだった。

「おい、ディオスグレイブ派の第四位っつったかいま」

「つーかウォルドレアって確かカトレアの……リッチモンド伯爵家と血縁のある公爵家って記事にあったぞ……」

「公爵家!?　貴族の中でも序列最上位じゃねえか！　なんでそんなのがここに……」

僕たちに強い敵意をもっているだろう貴族。

それもかなり高い地位にいるらしい上位貴族が現れたことで、孤児組の間に強い警戒の色が浮かんでいた。中堅貴族の二人がやってきたときとは比べものにならない緊張感。

「カトレアの上司がなにしにきやがった……？」

ジゼルも警戒をあらわに、ギムレットと呼ばれた上位貴族に視線を送る。

そんななか、僕はといえば突然のことに戸惑うことしかできないでいたのだけど……次の瞬間だった。

射貫くようなギムレットさんの強い視線が、僕を捕えたのは。

「っ⁉」

偶然目が合ったとかじゃない。

ギムレットさんは僕と目が合うや、真っ直ぐこちらに近づいてきたのである。

僕はもちろん、隣にいたジゼルもぎょっと目を見開く。

けれどギムレットさんは僕らのそんな反応などお構いなし。

先ほどまで傘下入りの交渉をしていた中堅貴族の集団を押しのけるようにして僕の前に立つと、こちらを見下ろしながら口を開いた。

「カトレアを下したという《無職》は君だな？」

「ええと、は、はい。そうですけど……？」

「なに、そう警戒することはない。私はディオスグレイブ派の第四位、ギムレット・ウォルドレア。君に少し話があるだけだ」

「は、はぁ」

一体なんだというのだろう。

決闘の件でかなりの風評被害を受けている派閥貴族の要件なんて、良い話なわけがない。

それこそ決闘の結果に不満があるとか、ズルをしたに違いないという言いがかりとか。思いつくのはそんなことばかりだ。

あるいはカトレアさんの敵討ちとばかりに決闘でも挑まれるんじゃあ……などと僕はいろ

いろと考えを巡らせていたのだけど――。

　直後、ギムレットさんは信じられないことを口にした。

「単刀直入に言おう、クロス・アラカルト。私の下につく気はないか？」


「……え？」

　一瞬、なにを言われたのかわからず変な声が出る。

　けれどギムレットさんはそれを気にした様子もなく、整った顔に笑顔さえ浮かべながら話を続けた。

「確かに君には従姉妹のカトレアを潰《つぶ》された遺恨がある。だが《無職》の身でありながら孤児たちの中心戦力として貴族を下した君のことを私は非情に高く評価しているんだ。これまでのことは水に流し、是非とも我々ディオスグレイブ派の力になってもらいたい」

「え……!?」

　あまりに予想外の申し出に、僕は目を見開きながら聞き返した。

「それってつまり、ディオスグレイブ派の傘下にほしい、というお話ですか……？」

「ああそうだ。無論、君さえ首を縦に振ってくれれば、君の仲間であるジゼル・ストリングや孤児院の者たちも好待遇で傘下に加えることを約束しよう」

「……っ」

はっきりと頷《うなず》いたギムレットさんにいよいよ本気で驚く。

そして周囲の驚きようは僕以上のものだった。

「派閥内順位第四位の上位貴族が直接勧誘に……!?」

「しかも同じディオスグレイブ派の貴族を潰《つぶ》した平民を!?」

「武闘派の多い過激な派閥と聞いていたが、どうやら度量の大きさもあるようだな……」

周囲の冒険者や街の人たちが大きくどよめく。

「あのギムレット殿が身内を潰した相手に……？」

それまで僕たちを熱心に勧誘していた中堅貴族の人たちも呆気《あっけ》にとられたように声を漏らす。

そんななか――

「ちょっと待ってくださいよ」

まるで僕を庇《かば》うように、ジゼルが僕とギムレットさんの間に割って入った。

「確かにこいつは私らの中で一番強いけど、交渉ごとはからっきしなんです。傘下入りについての話なら私が――」

「……ジゼル・ストリングか」

けれどジゼルのその言葉は、ギムレットさんの酷《ひど》く冷たい声に遮られる。

「私はいま、彼に声をかけているんだ。平民の孤児ごときが話に割り込み、あまつさえこの私に指図できると思うな。目障りだ、下がっていろ」

「……っ!?　んだと……!?」

「お、おいジゼル!?　いくらここが冒険者の街でも公爵家相手はまずいって!」

不穏な空気を漏らしたジゼルを孤児組の面々が慌てて羽交い締めにする。

それ自体は良い判断だったけど――自然、僕とギムレットさんが一対一で対峙《たいじ》する他ない空気が形成されてしまう。

「邪魔が入ったな。……それで、どうだろうか。先ほども言ったように私は君を非常に高く評価している。上位貴族であるこの私が直接足を運んできたのがその証拠だ。もっと言えば他の勢力に奪われないよう今すぐ返事が欲しいとさえ思っているんだが……いかがかな?」

「え、ええっと……」

慣れない交渉ごと。

それも公爵家直々のいきなりすぎる提案に混乱を余儀なくされる。

確かに上位の貴族が勧誘に来てくれたってことはそれだけ評価してくれているということで。これまでのいざこざを水に流すというなら待遇に関してはかなり期待できるものがある。孤児組も相応の恩恵を受けられるだろう。けど――

（いま見せたジゼルへの態度は……）

なにか嫌なものを感じてどうにも答えを出しかねる。

するとそんな僕を見たギムレットさんが首をひねり、不思議なことを言い出した。

「ふむ、即答してくれるものと思っていたが……やはり君たちを散々侮辱したというカトレアの存在が気がかりか？」

「え？」

「確かに侮辱してきた相手がなんのケジメもつけず身内になるというのは抵抗があるだろう。そこを曖昧《あいまい》にしたまま傘下に誘うのは筋が通らない話だったな」

？？

どうして急にカトレアさんが出てくるんだ？

合点がいったとばかりに語るギムレットさんに強い違和感を抱く。

と、そんな僕に笑顔を向けながら――ギムレットさんは続けて耳を疑うようなことを口にした。

「だがカトレアのことなら安心していい。敗北の代償としてヤツには罰を与えておいた。しばらくは外出さえままならないほど厳しい罰をな。君たちが傘下入りしたあと、ヤツと顔を合わせることはしばらくないと保証しよう」

え……？

「ただ、これはあくまで私が勝手にやったこと。それだけで溜飲が下がるものではないだろう。君への態度を改めるようしっかり躾《しつけ》るほか、君が望むのであればカトレアには公衆の面前で頭を下げさせてもいい」

「な……!?」

なにを……なにを言ってるんだ、この人は……?

衝撃を受ける僕に気づいているのかいないのか、ギムレットさんはさらに続ける。

「なんなら頭を下げさせるだけでなく、君が直接カトレアに罰を与える場を設けてもいい。二度とアレが君に逆らえなくなるまで徹底的に痛めつけてくれてかまわな――」

「ギムレットさん」

まるで傘下入りの利点を語るようなギムレットさんの言葉を、僕は途中で遮っていた。

先ほどまでの迷いが嘘《うそ》だったかのように、僕ははっきりと断言する。

「僕は、あなたの下にはつけません」


――ざわっ!

「あのガキ、上位貴族の勧誘を真正面からぶった切りやがったぞ!?」

「なんつー胆力してんだ!?　それともただの世間知らずか!?」

周囲からぎょっとしたような声があがる。

けどギムレットさんと対峙《たいじ》する僕の答えはまるで揺るがなかった。

「ほぉ」

僕の返答を聞いたギムレットさんがすっと目を細める。

「なにが気にくわない。待遇に不満や不安があるというのなら……そうだな、決闘を通して私の攻撃に1分耐えれば命令拒否権を与える、等の条件も付与できるが？　冒険者にとってはもとより、貴族にとっても決闘の結果は絶対。単なる口約束よりも確実な待遇を保証できるが」「いえ、そういうお話ではなく。そちらの派閥とは肌が合わないと思います」

言葉を重ねるギムレットさんに、僕は再び断言した。

カトレアさんは、確かに嫌な人だった。

ジゼルたちを見下し、バカにし、理不尽な喧嘩《けんか》を売ってきた。

けどその行動は、あくまで派閥のためだったはずだ。

結果的に敗北して派閥に被害を与えてしまったとはいえ、彼女はきっとギムレットさんたちのために行動したはずなのだ。

多少の罰は仕方がないのかもしれない。

けれどギムレットさんが言うほどの仕打ちを受けるほどではなかったはずだ。絶対に。

そんなことがまかり通る派閥に、ジゼルたちを連れていくわけにはいかない。だから、

「広い度量で僕らのことを評価してもらえたのはありがたいです。けど、先ほどのジゼルへの態度といい、カトレアさんの扱いといい、あなたの下で上手くやれるとは思えません。申し訳

ありませんが、傘下入りの件はいまここでお断りさせていただきます」

「……なるほど、意思は固いようだな。残念だ」

僕の返事を聞いたギムレットさんは思いのほかあっさりと引き下がる。

「だが最後にひとつだけ言っておこう」

と、ギムレットさんは急に僕との距離を詰め、耳元でこう囁《ささや》いた。

「私の誘いを断ったこと、後悔しないといいな」

「え」

その酷《ひど》く冷たい声にぎょっとする。

けどギムレットさんはすぐ僕から離れると、再び薄い笑みを浮かべ、

「そこまではっきりと断られてしまっては仕方が無い。ここは引き下がるとしよう。……あ
あ、だが気が変わったらいつでも訊《たず》ねてきてほしい。最近は学内の貴族用サロンにいることが
多いから、そこでのんびりと君を待つ」

それでは失礼する――そう言い残し、ギムレットさんは再び人垣を割って去って行った。

僕にだけ、不穏な言葉を残して。

「いまのは一体……」

と、僕がギムレットさんの言葉に不安を感じていたところ、

「おいてめえクロス馬鹿野郎！」

「あいたぁ!? え、ちょっ、なにジゼル!?」

いきなり僕の頭に拳骨《げんこつ》を落としてきたジゼルに涙目で応じる。

するとジゼルは「なにじゃねえ！」と僕の胸ぐらを摑《つか》んで声を荒らげた。

「お前はアホか！　なにばっさり公爵家の勧誘を断ってんだ！」

胸ぐらを摑んだままジゼルが僕をぶんぶんと揺する。

「ああいうのは相手の面子《メンツ》を潰《つぶ》さないよう前向きに検討するとか言ってはぐらかしてから、あとで丁寧に断るんだよ！　それを人前であんなばっさりいきやがって！　お前完全に目ぇつけられてたぞ！」

「え!?」

た、確かに言われてみれば、あのばっさり具合はかなり失礼だったかも……？

「い、いやでも、あの場で返事が欲しいって言われてたし、礼儀作法の授業は後回しでいいかなぁって思ってとってなかったし……っ」

「ああもうだから私が割って入ろうとしたってのに……！」

慌てふためく僕にジゼルが盛大な溜息《ためいき》を吐《つ》く。

「……まあでも、下手に傘下入りしなかったこと自体は大正解だけどな」

呆れたような目をしながら、ジゼルが僕の選択を肯定した。

「あの野郎、口じゃあ好待遇を保証するとか言ってやがったが、従姉妹だっつーカトレアでさえ失敗すりゃあの扱いだ。派閥の面子を潰した私らをどうするつもりかわかったもんじゃねえ」

「やっぱりそうだよね……」

僕と同じ考えを口にするジゼルの言葉に、自分の判断は間違ってなかったんだとほっとする。

けどジゼルはそんな僕を指さすと「でもな」と警告するように続けた。

「さっきも言った通り、お前完全に目ぇつけられてたからな！　つーか最初からお前しか眼中にねぇみたいだったし……どうにもうさんくせぇ。報復は禁止されてるっつってもこの先なにされるかわかんねえからせいぜい気ぃつけろよ」

「え」

本気で深刻そうなジゼルの表情に僕は頬《ほお》を引きつらせた。

ちょ、ちょっと待って？

もしかしてさっきギムレットさんが言ってた「後悔しないといいな」ってつまりそういうこと……？

確かにカトレアさんの扱いとか考えると……。

「ど、どうしよう……」

ギムレットさんが去ったことで再び周囲がもとの雰囲気を取り戻すなか。

僕は新たな厄介ごとを前にして途方に暮れるのだった。

2

「へー、そりゃまた面倒なヤツに目ぇつけられたもんだな」

「はい、僕が迂闊《うかつ》だったのが悪いんですけど、困ったことになっちゃって」

喧嘩《けんか》祭り一日目を終えたあと。

お屋敷に帰った僕は、今日の出来事をリオーネさんたちに相談していた。

「カトレアさんたちのときみたいに真っ向から完全対立って感じになってないだけマシなんですけど……勢力争いとか面子《メンツ》がどうとか、こういう諍《いさか》いを穏便に解決する方法ってなにかないんですかね」

いまはまだ、具体的になにか困ったことが起きたわけじゃない。

けどカトレアさんとの決闘から連鎖的に続く勢力争いのゴタゴタが長く続きそうな予感がして、僕は経験豊富そうな師匠たちに意見を聞いてみたのだった。

すると理知的な表情を浮かべたリュドミラさんが顎《あご》に手を当て、

「ふむ、そうだな。一番平和なやり方は、敵勢力を一人残らず殲滅《せんめつ》することだろう」

「え」

聞き間違いかな？

耳を疑う僕に、続けてリオーネさんが腕を組みながら、

「まあ確かに殲滅《それ》が一番手っ取り早いよな。勢力争いが過激化するのは報復合戦の末ってのがほとんどだし。片方が全滅すりゃ争いも起こらず穏便に済むって寸法よ」

「え」

さらにはテロメアさんが笑顔を浮かべ、

「あとは見せしめとかも効果的だよねぇ。麻痺《まひ》で動けなくなったところを毒でじわじわアレするとか。自動回復魔法で死なないようにしてからモンスターの群れに数日放り込むとか。逆らう気をなくさせちゃうの。犠牲が少なく済むから優しいクロス君にオススメだよ～」

ぜ、全然参考にならない⁉

世界最強の冒険者が提唱する「穏便な解決方法」に僕が反応に困っていると、師匠たちはさらに続ける。

「ま、どんな手を取るにしても敵を全員ぶっ飛ばす力が必要なのは間違いねえし、当面の目標は貴族勢力を全滅させる力をつけるってあたりだな」

「うむ。さすがにかなり時間がかかるだろうが、それが良いだろう」

「少しふわっとしてるけど、次の目標が決まってよかったね～」

「え、えぇ」

ど、どこまで本気なんだろう……。

いやけどギムレットさんがどう出るかわからない以上、力をつけておくに越したことはないわけで。

リオーネさんたちの言う「穏便な解決方法」の是非はともかく、僕はこれまで通り修行に専念するほかないと腹をくくるのだった。

――そんな悠長なことを言っていられる時間なんてなかったのだと、このときはまだ知らないまま。

＊

二日間にわたって開催された喧嘩《けんか》祭りが何事もなく無事に終わった翌日。

学校での座学を終えた僕たち孤児組は演習場に集まっていた。

カトレアさんとの決闘で死守した、孤児組専用の練習施設だ。

けどその演習場にはいま、孤児組以外の姿がちらほらとあった。

「おう《無職》の！　今日こそはお前の無茶苦茶なスキル構成を攻略してやるぞ！」

「こちらこそ。手の内を知られた状態でも勝てるよう頑張ります」

今日の実戦練習には、喧嘩祭りで知り合ったドワーフさんを筆頭に外部の冒険者が何人か参加していた。喧嘩祭りの醍醐《だいごみ》味である人脈形成を最大限活用し、自主練の幅を広げようとジゼルが主催したのだ。

ドワーフさんたちとの再戦は願ったり叶ったり。今日は座学の最中から自主練の時間を楽しみにしていた。

そんなわけで早速模擬戦を開始しようと準備を進めていたのだけど――。

「ジゼル、ちょっと」

《レンジャー》のエリンが孤児院のほうから困惑した様子で駆け寄ってきた。

「あ？　なんだよエリン。つーか模擬戦用の備品はどうした？」

「いやそれが……いいから早く」

エリンがジゼルを促し孤児院のほうへと戻る。

「？　どうしたんだろう」

なんだか様子がおかしいので僕もみんなと一緒にエリンについていってみれば、辿《たど》り着いたのは孤児組の共用倉庫だった。

ポーションや携帯食料などが保管されているなんの変哲もない倉庫。

けれどその見慣れた倉庫はいま――見るも無残な有様になっていた。

「なんだこりゃ……!?」

ジゼルが声を漏らすのも無理はない。

共用倉庫の内部は酷《ひど》く荒らされ、買い溜めしてあったアイテムがほとんど消えていたのだ。

「盗みでも入ったのか……？」

「いやでもわざわざこんなとこに？　高級品なんてひとつもねえ孤児院の倉庫だぞ」

倉庫の有様を目の当たりにした孤児組から困惑の声があがる。

けれどそんななか……僕は一人、全身に嫌な汗をかいていた。

「ジゼル……これってまさか」

「いや……あの上位貴族が目ぇつけてたのはあくまでお前だけだし、糾弾される危険を冒してわざわざこんなしょぼい盗みに入る意味がわかんねぇ。偶然ってこともあるから考えすぎんな」

嫌な予感に駆られる僕の言葉をジゼルが否定する。

そうして僕たちは倉庫の片付けとギルドへの被害報告を終えたあと、ひとまずは気にせず模擬戦に移ったのだけど……異変はこれだけでは終わらなかった。


「おい、練習用のデク人形どこいった!?」

あるときはスキル練習用の備品が消える。

「うわっ!?　危ねえ、床が抜けたぞ!?」

またあるときは孤児寮の設備が急に壊れる。

喧嘩《けんか》祭りが終わってからというもの、僕らの周囲では不可解な事件が起こり続けたのだ。

そうして倉庫荒らしから数日が経った今日。

もはや疑念はとっくに確信へと変わっていた。

「なんだよ、これ……」

大量のゴミがバラ撒《ま》かれた孤児組専用の演習場を前に、僕は掠《かす》れた声を漏らす。

こんなのもう、偶然なんかじゃない。

誰かが悪意をもって、僕たちに嫌がらせを続けていた。

そしてその犯人に心当たりは一つしかない。

僕たちに面子《メンツ》を潰《つぶ》されたディオスグレイブ派の第四位、ギムレット・ウォルドレアだ。

「また、僕のせいでみんなに迷惑が……!?」

勧誘の断り方を間違えたから。そもそも《無職》が復学してカトレアさんを引き寄せたから。

そんな思考が弾けて動けなくなる僕の肩をジゼルが強く叩く。

「いや、それにしちゃなんかおかしい。今回はお前のせいじゃねーよ」

僕の言葉を否定するジゼルだったけど、彼女ももう偶然とは言わない。

この一連の嫌がらせがギムレットさんの差し金だと否定する材料がもうないのだ。

僕はたまらず、ジゼルに詰め寄っていた。

「けどジゼル、もうこんなの冗談じゃ済まないよ！　バスクルビアでの勢力争いはあくまで競争だって話なのに……！　こうなったら規則違反で訴えてサリエラ学長やギルドに対処してもらわないと――」

「ダメだ、早まんな」

ジゼルが真剣な表情で告げる。

「証拠がねえ。こんな嫌がらせ程度のことで訴えて冤罪《えんざい》だなんてなったら、それこそ正式にやり返す口実を与えちまう。連中の狙いはそれかもしれねーんだ。今回はマジでお前のせいじゃねーから焦んな」

そしてジゼルは僕や周囲の孤児組を安心させるように言うのだ。

「他の貴族勢力との傘下入り交渉も急ぐからもうちょい堪えろ」

三王勢力の傘下に入ればギムレットたちも下手に手出しできなくなるから、とジゼルは言う。

けど——。

「でもジゼル。交渉、上手くいってないんだよね？」

「……」

僕の言葉にジゼルが渋い顔をする。

喧嘩《けんか》祭りの初日。あれだけ僕らを熱心に勧誘してくれた中堅貴族たちとの交渉は、なぜか遅々として進んでいなかった。

交渉どころか向こうが話し合いの場を設けてくれる機会も減っていて、このままだと傘下入りの話自体が自然消滅してしまいそうな勢いだったのだ。

『あの貴族ども、なんで急に……！』

僕たちから急に距離を置き始めた二派閥にジゼルが悪態を吐《つ》いていたのがつい昨日のこと。

けどジゼルはそんなことおくびにも出さず、

「いいから貴族との腹芸は私に任せとけ。ひとまず学校側に中級レンジャーの見張りを頼んどくから、絶対に早まんな」

「……うん」

もっともなことを言うジゼルの剣幕に、僕はしぶしぶ頷《うなず》いた。

けど――ここで守りに入ったのがよくなかったのだ。

そうして僕たちがお行儀良く手をこまねいていたとき、それは起こったのだから。

＊

冒険者学校が休みにあたるその日。

修行を早めに切り上げてもらった僕は、街へ買い出しにやってきていた。

なにを買うのかといえば、ポーションや演習用武器――ここ最近の嫌がらせで孤児組が失った物品だった。

「ジゼルは僕のせいじゃないって言ってくれたけど……」

やっぱり気になるものは気になる。

だからせめて生活に余裕のある僕が、損害を補填できればと思ったのだ。

「ジゼルは素直に受け取ってくれないだろうから、みんなが西の森へ狩猟依頼《クエスト》に行ってる間にこっそり寮まで運んどかないと。年少組や居残り組なら普通に受け取ってくれるだろうし」

時間的にそろそろジゼルたちが帰ってきてもおかしくない。

僕は買い物メモを見返して買いそびれがないか確認しながら、バスクルビアの雑踏を駆け抜けた。

ジゼルが好きそうなお菓子もついでに買っておいたから、最近の沈んだ空気が少しは軽くなってくれるといいな、なんて考えながら。

――そんなときだった。

孤児院を目指す僕の耳に、妙なざわめきが聞こえてきたのは。

「おい大丈夫かお前ら⁉ なにがあった⁉」

「いま教会から《聖職者《ヒーラー》》を呼んできてやるから、ちょっと待ってろ！」

それは僕が街の西門にさしかかったとき。

大きな門の周辺に人だかりが出来ていて、物々しい雰囲気に包まれていた。

「なんだろう……？」

妙な胸騒ぎがした。

だって西門といえば、ジゼルたちが依頼《クエスト》に向かった方角で。

「すみません、ちょっと通してください！」

嫌な予感がして思わず人混みをかき分ける。

そして目に飛び込んできた光景に一瞬、頭が真っ白になった。


そこには、孤児組のみんなが全身ボロボロの状態で座り込んでいたのだ。


「どうしたのみんな⁉　なにがあったの⁉」

抱えていた模造刀を放り出し、買ったばかりのポーションを取り出しながらみんなに駆け寄る。

するとみんなは「あ、クロス！」とすぐこちらに気づき、

「それが……西の森でいきなりモンスターの群れに囲まれたんだ！」

「え⁉」

蘇るのは、東の森で危険度《リスク》4に襲われたときの記憶。

まさかまたあんな事故が起きたのか、全員無事なのかと血の気が引いていた僕に、続けて信じがたい事実が告げられる。

「違う！　ただモンスターに囲まれただけじゃない！」

普段は温厚な《レンジャー》のエリンが、目に涙さえ浮かべながら声を振り絞った。

「私、見たよ。ギムレット・ウォルドレアの側近――黒髪の女がモンスターを引き連れてき

て、そのうえ私たちの撤退を妨害してきて……！」

「は……⁉」

あまりのことにいよいよ言葉を失う。

さすがになにかの見間違いじゃないかと本気で疑った。

けど孤児組の多くが黒髪の側近を目撃したのだろう。

僕から受け取ったポーションを飲みながら、みんなが憤りの声をあげる。

「あのクソ貴族、ここまでやるかよ！　絶対に許さねえ！」

「けど今回もろくな証拠がねえよ、逃げるのに精一杯で……クソ！　そこも計算尽くか⁉」

「畜生！　討伐大会の蓄えがあるから多少は保つけど、こんな嫌がらせ続けられたら日銭も稼げねえぞ⁉」

「それよりジゼルだ！　あの側近黒髪女、俺たちを逃がそうと殿《しんがり》を買って出たジゼルに不意打ちかましやがって！　じゃなきゃジゼルが危険度《リスク》3なんかに一撃もらうわけが……っ！」

「っ⁉　ジゼルが⁉」

拳《こぶし》を打ち付けて悔しがる孤児組の言葉に、僕は慌てて視線を巡らせた。

そしてすぐにジゼルを見つけ全力で駆け寄る。

全身傷だらけのジゼルはその場に座り込み、大きな布で腕を押さえていた。

「ジゼル！　怪我《けが》したたって聞いたけど大丈夫なの⁉」

「あ？　大したことねえよこんなもん！　それより……っ」

　心配する僕に煙たそうな視線を向けたジゼルが憤怒の形相を浮かべて叫んだ。

「ギムレットの野郎！　クロスが傘下に入ろうが入らまいが、どのみちこうやって私ら全員に報復するつもりだったな!?　規律違反で街から追放されるようなヤバイ嫌がらせはしねえだろうと思ってりゃあ……あのイカれ貴族が！」

　激情を発散するようにジゼルがポーションの空き瓶を蹴っ飛ばす。

「クソッ、完全に読み間違えた！　他派閥の貴族どももこれを察したから急に私らの勧誘をやめやがったんだ！　あいつらも内心じゃあ平民の成り上がりは気にくわなかっただろうからな！　ギムレットがリスクを冒して私らを潰《つぶ》してくれるならそれでもいいって腹だ！」

「ジ、ジゼル。わかったから落ち着いて。大した怪我じゃないって言っても怪我はしてるんでしょ？　ポーションと、それからまだLvは低いけど回復魔法もあるから」

　ジゼルが思いのほか元気そうなことに安堵《あんど》しつつ、それでも全身傷だらけの彼女を治療しようと手を伸ばす。

　けどジゼルはなぜか「大丈夫だっつってんだろ！」と僕を遠ざけるように蹴飛ばしながら、さらに語気を荒らげる。

「ふざけやがって！　けどなんでだ……！　ギムレットの野郎、あんだけ露骨に目ぇつけてたクロスはガン無視で、なんで私ら孤児組だけ執拗《しつよう》に……!?　一番潰してえのはクロスのはずなのになにを狙って……づっ⁉」

「ジゼル⁉」

そのとき。

考えを整理するように怒鳴り散らしていたジゼルが表情を歪《ゆが》めた。

まるで身体《からだ》に激痛が走ったかのように身体を折り、その細腕を覆っていた大きな布が滑り落ちる。直後――。

「……っ⁉」

それまでジゼルが必死に隠していたのだろう腕の傷が、僕の目に飛び込んできた。

それは、どう考えても「大したことのない怪我《けが》」なんかじゃない。

巨大な爪に引き裂かれた真っ赤な肉。

止血のために焼いたのだろう大きな傷口。覗《のぞ》く骨。

下級ポーションはおろか、最大Ｌｖの下級回復魔法でも間に合わないほどの大怪我《おおけが》だった。

火炎魔法による止血がなければ、命にかかわっていただろうほどの。

ごく短い間とはいえ、ジゼルが僕に怪我を悟らせなかったのが信じられないほどの。

「ジ、ゼル……？　その怪我は……？」

「……っ！　ちっ、だから大したことねえって言ってんだろ！　いいからてめえはウジウジ責任なんか感じるんじゃねえぞうっとうしい！」

ジゼルが慌てたように怒鳴るけど——まったく耳に入らなかった。

周りの音も景色も遠のいていくような感覚。

そんななかで僕の脳裏に浮かぶのは、数年前の悪夢だった。

故郷の村がモンスターに襲われ、大人たちが次々と倒れていく最悪の原風景。

そこでモンスターに襲われる大人たちとジゼルたちの姿が重なった瞬間。

僕の中で、なにかがキレる音がした。

身体がほとんど勝手に動き始める。

「ジゼル。これあげるから飲んで」

ポーチの奥からポーションを取り出す。

危険度《リスク》4事件のあと、師匠たちから万が一のためにと持たされていた特別な一本だ。

けどそれを説明したらジゼルは素直に受け取ってくれないだろうから、不意打ちで口に突っ込む。

「ぶ!?　ちょっ!?　いきなりなにしやがる——って、ああ!?　おま、これ、最高級ポーションじゃねえのか!?　なんでこんなもん——って、え」

と、中身を半分ほど飲み込んだところでポーション瓶を口から引き抜いたジゼルがなぜか僕の顔を見上げて固まる。

けれど僕にはもうそれに構う余裕もなくて。

ジゼルの傷が治り始めていることを確認するや、全力で走り出していた。

＊

そうしてクロスが走り出した直後。

しばし頰《ほお》を上気させてぼーっとしていたジゼルが我に返ったように慌てた声を発した。

「――はっ!?　お、おいお前ら！　急いであのバカ止めろ！」

「あ!?　ぽけーっとしてたかと思えばいきなりどうしたんだよジゼル！　大怪我《おおけが》してんだから大人しく――って、あれ!?　傷が塞《ふさ》がりはじめて――!?」

「私のことはいいからとにかく急いでクロスを連れ戻せ！　ヤベーことになるぞ！」

ジゼルは確信に満ちた声で叫ぶ。

「あのクソバカ野郎……危険度《リスク》４に突っ込んでいったときと同じ顔してやがった！」

＊

「……っ！」

全身が熱かった。

けどその熱は喧嘩《けんか》祭りで高揚していたときの心地良い熱とはまるで違う。

全身を焦がす激情に突き動かされるまま、バスクルビアの街並みを全力で駆け抜ける。

身体《からだ》とは逆に冷え切った頭の中を満たすのは、一連の嫌がらせについてだ。

(ジゼルの言ってた通りギムレット一派が手を下したって証拠がない以上、僕らには上に頼る大義も、ギルドに訴える口実もない)

かといって嫌がらせをやめてくださいとバカ正直に頭を下げて穏便に納まるわけがなかった。モンスターをけしかけてくるような相手だ。

仮に相手の表向きの要求通り大人しく傘下入りしたところで、絶対にろくなことにはならない。最初から報復が目的だったというのなら、むしろ傘下入りすることで合法的に潰《つぶ》される機会が増えるだけ。いまより状況が悪化するだろうことは明らかだった。

だったらこの嫌がらせを……僕たちに対する報復を確実にやめさせる方法はひとつしかない。

「……ここか」

全力で走り続けた僕が辿《たど》り着いたのは、冒険者学校の食堂近くにある豪華な空間だった。

主に貴族階級の人たちが他派閥との交流や情報交換に使っているサロン。勇者の末裔《まつえい》入学を機に、貴族の出資によって増築された社交場だった。

僕らみたいな平民は近づきがたい別世界。

けどそんな場違いな空気も無視して、僕はサロンの入り口に突き進む。

「ん？　おい待て、ここは事前に許可を得た者しか――おい!?　ちょっ、止ま――」

「《緊急回避》！」

警備員らしき人たちが止めようとしてきたのでスキルで回避。強引に振り切って僕はサロンに突入する。

「っ!?　なんだ!?」

途端、みすぼらしい格好で駆け込んできた僕にサロン全体がざわつく。

けれどそんななか――平民の暴挙を予想していたとばかりに優雅な姿勢を崩さない人がいた。

サロンの中心付近でティーカップを傾ける美男子。

ギムレット・ウォルドレアだ。

僕は警備を振り切った勢いのままそちらに走る。

途端、当然のように道を塞《ふさ》ぐのは異常な雰囲気を察したギムレットの側近たちだ。

「止まれ平民！　一体なんのつもりだ！」

「どけえ！」

「な――っ!?」

こんな連中の相手をしている暇はない。

剣を抜いて僕を止めにくる側近を《緊急回避》で避け、《クロスカウンター》の要領で武器を使うことなくあしらい吹き飛ばす。

そうして僕が眼前に辿《たど》り着いたところで、ギムレットがようやく顔を上げた。

「おや。一体なにがあったのやら、随分と冷静さを欠いているようだが。私を訪ねてきたということは、傘下に入る気にでもなってくれたかな？」

「ギムレット・ウォルドレア」

何食わぬ顔で微笑《ほほえ》むギムレット。

そんな上位貴族のふざけた言葉を遮るように——僕ははっきりと要件を口にした。

「僕はあなたに、一対一の決闘を申し込む」

「……ほぉ？」

「負けたらなんでも言うことを聞いてやる。その代わり僕が勝ったら……あなたが僕の傘下につけ！」

はらわたが煮えくりかえりそうな怒りとともに。

僕はその凶悪な貴族へ宣戦布告を叩きつけていた。

3

僕の宣戦布告に、サロン全体がどよめきに包まれた。

「決闘!?　なにを考えているんだあの子供は!?」

「平民が上位貴族に……公爵家嫡男に傘下入りの決闘を申し込むなど非常識にもほどがある！」

「あの平民、自分がなにをしているのかわかっているのか!?」

騒然としたサロンに満ちるのは、平民の信じがたい暴挙を非難する声ばかり。

僕自身、とんでもない要求をしている自覚はある。

けどいくら非常識に見えても、こっちにはもうこれしか手がないのだ。

証拠がない以上、「僕が勝ったら嫌がらせをやめろ」と言ってもシラを切られるだけ。

なら決闘の結果は絶対という原則に則って、僕がギムレットを傘下に置くしかない。

親分としてギムレットと彼の配下に命令を下し、嫌がらせができないよう可能な限り動きを制限するために。

「……くく。思ったよりも遙《はる》かに早くその結論に辿《たど》り着いたな。惜しいものだ。その聡明な蛮勇、最初から私のもとへ来ていれば良い駒になっただろうに」

僕の宣戦布告を正面から受け止めたギムレットがなにか小さく呟《つぶや》きながら口角をつり上げる。

それからティーカップを静かに下ろすと、今度は周囲にも聞こえる声で僕に向き合った。

「この私に傘下入りを賭けた決闘を申し込むか。その勇気に敬意を表して受けて立つ――と言いたいところだがな。残念ながら君の掲示した条件ではいささか不釣り合いが過ぎる」

どこか芝居がかった調子でギムレットが肩をすくめる。

「負けたらなんでも言うことを聞くとのことだが……公爵家嫡男である私を三王勢力から引き抜いて傘下に置こうというのだ。それこそ命を賭けるより厳しい条件を課さねばこちらも面《メン》子《ツ》が立たないのだが、それを承知で〝なんでも言うことを聞く〟などと言っているのか？」

「当然だ！」

脅すようなギムレットの言葉に迷わず即答した。

「僕一人で済むなら、なんでも命令すればいい！」

「ほう、言ったな？　貴族が集うこの場所で」

ギムレットが笑みを深める。

鋭い眼光で僕を見据えると、周囲の貴族たちに聞かせるように宣言した。

「ならこちらも引く理由はない。その決闘、正式に受けて立とう」

ざわ――っ！

瞬間、成り行きを見守っていた貴族たちが一斉に色めき立つ。

とんでもない決闘の成立に「信じられん」と声を漏らすと同時、良い見世物ができたとばかりに盛り上がっていた。

その様子に目を向けながらギムレットが続ける。

「では決闘は委員会の準備が整い次第。およそ十日後といったところか。正式な条件と形式は後日文章で正式に発表されるだろうが、基本的な内容はいま言った通り。この場にいる者たちが証人となるだろう。……だが本当に良かったのか？　この私に決闘など挑んで」

「え？」

ギムレットの不可解な言葉に僕が声を漏らした、次の瞬間だった。

首筋をなにか熱いものが流れている。

そう認識して視線を下に向けると——僕の首にいつの間にか、細い剣の切っ先が突きつけられていた。

「——っ!?」

なにが起きているのか本気でわからなかった。

だが数瞬後、ようやく事態を理解した僕の全身から汗が噴き出す。

目で追えないどころか、血が流れるまで気づかないほどの速度で切りつけられた!?

「やはり、私の実力を知らずに挑んできていたようだな」

いつの間にか……本当にいつの間にか剣を抜いていたギムレットが僕の首に切っ先を押し当てたまま、嬲《なぶ》るような目つきで自らの力を開示する。

「私はレベル50の《上級瞬閃剣士》。あの勇者エリシアと同系統の速度特化《職業《クラス》》だ。君には万に一つも勝ち目などないと思うが？」

「な……っ!?」

速度特化の上級職。

ロックリザードやダリウスさんの倍近いレベル。

そしてなにより、あのエリシアさんと同系統の《職業《クラス》》という衝撃の事実にぎょっと心臓が跳ねた。

その情報開示が決してはったりでないことは、反応さえできなかった凄《すさ》まじい剣速からも明らかで。

ここから一か月や二か月修行したところで到底追いつけるとは思えなかった。

ましてや決闘まで十日しかないなんて、どう考えても時間が足りない。

現時点での実力も、持って生まれた才能も、僕とはあまりに次元が違いすぎる――っ！

「さて、どうする？」

全身から冷や汗を流す僕に剣を突きつけたまま、ギムレットが問う。

「いまここで跪《ひざまず》き傘下にしてくださいと靴を舐《な》めるなら、これまでの非礼は水に流すが」

嘘《うそ》だ。

ここで僕が折れたら、それこそこの人は徹底的に僕を潰《つぶ》すだろう。

孤児組にも害をもたらし、なし崩しに僕らを破滅させるはずだ。

引き下がれない。引き下がるわけにはいかない。

それに――。

いまここで頭を下げて、誰かを守れる冒険者になんてなれるわけがない。

エリシアさんや師匠たちのような冒険者になんて、きっと一生届かない！

だから。

たとえ無謀な戦いでも、僕が発すべき言葉はひとつしかなかった。

「その程度のことで、誰が逃げるもんか……っ！」

「……いいだろう」

パチンッ。ギムレットさんが剣を鞘《さや》に収める。

「決闘はおよそ十日後。それまで精々腕を磨いておくがいい」

そうして僕とギムレットの決闘は大勢の証人の前で正式に成立。

大騒ぎの貴族たちを背に、僕はサロンをあとにするのだった。

*

「あ、ジゼル!?　怪我《けが》のほうは大丈夫なの!?」

サロンから出てすぐ。

僕を追いかけてきたのか、サロン近くの壁にもたれかかっていたジゼルを発見した僕は思わず彼女に駆け寄っていた。

見れば腕の傷はすっかり塞《ふさ》がっていたけど、あれだけの大怪我《おおけが》だ。

痛みや違和感は残ってないか心配でジゼルに具合を訊《たず》ねようとした──次の瞬間だった。

「アホかてめえこのクソバカ野郎がああああああああっ！」

「あいたぁ⁉」

突如。ジゼルが僕の脳天に全力の拳骨《げんこつ》を振り下ろしてきた⁉

え、ちょっ、なにいきなり⁉

混乱する僕の胸ぐらを両手で掴《つか》みあげ、ジゼルはさらに怒鳴り散らす。

「おまえ、ほんっと、上位貴族《ギムレット》に決闘挑むとか、マジでなに考えてやがんだこのバカ！」

サロンの外から聞き耳でも立てていたのだろう。

事情をあらかた把握しているらしいジゼルが凄《すさ》まじい剣幕でまくし立てる。

「おかしいと思ったんだ……目ぇつけられてたのは明らかにお前一人だったのに、嫌がらせが私ら孤児組にだけ集中してんのがな！　けどいまのやりとりではっきりした。ギムレットの狙いは最初っからお前一人を冒険者として徹底的に潰《つぶ》すことだったんだ！」

腕の具合はすっかり良いのか、全力で僕を揺さぶりながらジゼルが続ける。

「嫌がらせをはじめる前に勧誘してきたのも、決闘を匂わせたのも、全部計算尽くだ！　ギムレットはお前のほうから決闘を申し込ませて、合法的に言うことを聞かせる大義名分が欲しかったんだよ！　じゃなきゃ上位貴族が平民の決闘なんて受けるわけがねえからな！」

そしてジゼルは必死の形相で、

「いまからでも遅くねえから撤回してこい！　わざわざこんな回りくどいやり方してまでお前に決闘を申し込ませたんだ。決闘でいたぶられるだけじゃ済まねえ、負けたらなに命令されるかわかんねえぞ!?」

報復と見せしめに、死ぬより酷《ひど》い目に遭わされる。

ジゼルはそう断言した。

駆け引きや交渉に長けたジゼルの言うことだ。恐らくそれは正しいのだろう。

ただでさえ勝ち目のない決闘を前に指先が震えるのがわかる。

けど一連のジゼルの言葉を聞いて……僕の中で真っ先に浮かんだ気持ちは安堵《あんど》だった。

「そっか……ジゼルがそう言うなら安心だ」

「あ!?　なにが安心なんだよ!?」

「だって僕に決闘を申し込ませることが目的なら、それが成功した時点でジゼルたちに嫌がらせを続ける理由はなくなるってことでしょ？」

「……!?」

ジゼルが口を開けたまま放心する。

けど次の瞬間には慌てたように、

「そ、そりゃそうだが……てめえ本当に私の話を聞いてたか!? いくらてめえでも上級職相手に十日じゃ勝ち目はねえし、負けたらマジでどんな命令されるかわかんねーんだっつーの！ 少なくとも冒険者として再起不能にされるのは間違いねえ！ だからひとまず私らのことは忘れろ！ 靴でもなんでも舐《な》めて決闘については誤魔化《ごまか》せ！ 大恥どころの騒ぎじゃねえが、ひとまず時間は稼げるだろ！」

ジゼルは肩で息をしながら声を荒らげる。

だからこそ、僕は。

「ジゼル、心配してくれてありがとう」

「っ、べ、別に心配とかそんなんじゃ」

「けどごめん」

ジゼルを真っ直ぐ見返して告げる。

「ギムレットが僕に何を要求するつもりでも、やっぱり引き下がれないよ。ここで決闘を避けたらジゼルたちへの嫌がらせが続く可能性が高いし、それになにより――」

うん。

僕が決闘なんて言い出したのは、きっとこの理由が一番大きいんだ。

「ジゼルたちにあんなことされて、黙ってなんかいられない」

ついさっきまで大怪我《おおけが》を負っていたジゼルの手を握りながら僕は言った。

絶対に譲れない自分の気持ちを。

「〜〜っ！」

と、ジゼルがなにやらびくりと身体《からだ》をこわばらせる。

かと思えば僕から全力で顔を逸らし、

「う、うぐぅ、またその顔しやがって……ああそうかよ、じゃあもう勝手にしろ分からず屋が！　ああくそ、こうなってくるとこいつのバケモノ師匠どもがなにしでかすかわかったもんじゃねえし……どうなっても知らねえからな！」

「ごめんジゼル」

ジゼルは僕の手を強引に振り払うと、怒りからか顔を真っ赤にして去って行ってしまった。

けど僕にも意地があるから。

心配してくれたジゼルを追いかけることはなく、僕もまたその場を後にするのだった。

4

——と、格好つけて学校からお屋敷に帰ってきたはいいものの。

時間経過で冷静さを取り戻した僕は、そこでいろいろとアレなことに気づいた。

それは――、

「勢いで『決闘に負けたらなんでもする』とか宣言しちゃったけど、そういえば弟子入りしている身で勝手にそんな判断しちゃってよかったのか!?」

僕はS級冒険者の師匠たちに拾われ、厚意で育てられている身だ。

所有物とまでは言わないまでも、僕の身は僕だけのものとは言いがたかったりする。

「なのに僕の一存で『なんでもする』とか……決闘を成立させるためにやむを得なかったとはいえ、あまりにも迂闊《うかつ》すぎたんじゃあ……!?」

さらに、悶絶《もんぜつ》ポイントはそれだけに留まらない。

「そもそも僕自身になにか上級職対策があるわけでもなく修行は師匠たち任せなのに、ジゼルにはあんな大見得を切っちゃって……なんかこれ、滅茶苦茶カッコ悪くない!?」

い、いやまあもとから《無職》の僕は強くなるために師匠の力を借りるしかないわけで、その状況はもうどうしようもないんだけど……冷静に自分の言動を俯瞰《ふかん》したら急に恥ずかしくなってきた。

とはいえいつまでも悶絶してはいられない。

「と、とにかく師匠たちにいろいろと報告しないと……」

僕は先ほどまでの勢いが嘘《うそ》のように、おっかなびっくりお屋敷に足を踏み入れるのだった。

そうして、自分の迂闊さや残念さに懊悩《おうのう》しながら師匠たちに事情を説明したところ、

「確かに浅慮としか言いようがないな」

「あうっ!?」

ばっさりと。

腕組みしたリュドミラさんの言葉が胸に突き刺さって変な声が出る。

さらにリュドミラさんの指摘は続く。

「生殺与奪の権を決闘の掛け金にしたこともそうだが、私たちに相談する前に上位貴族へ突っ込んでいき、あまつさえ相手が上級職と判明したあとも引かないとは。ポイズンスライムヒュドラの一件といい、危険度《リスク》4の一件といい、君は他人のために自身を蔑《ないがし》ろにしすぎだ。冒険者ならば事態を冷静に受け止め、強《したた》かに生き残る術《すべ》を探すことを基本姿勢とすべきだろう」

「ご、ごめんなさい」

もっともすぎる言い分に僕は縮こまる。

「……とはいえ」

と、そんな僕を見てリュドミラさんは慌てたように、

「私たちは君のそういう部分に惚《ほ》れ込んで――ごほんっ！　もとい見込んで弟子にしたのだ。反省は必要だが、卑屈になる必要はない」

「おうそうだ！　クロス、お前の判断は間違ってなんかねえよ」

リュドミラさんを押しのけるようにしてリオーネさんが声を張り上げる。

「リュドミラはなんかごちゃごちゃ言ってるが、そこで喧嘩《けんか》売ってこそあたしの弟子だ。懐かしいぜ……あたしも中級職のころ上級職パーティに難癖つけられてな。玉砕覚悟で突っ込んでいったもんよ」

「え、玉砕覚悟って最終的にどうなったんですかそれ」

「手段を選ばず闇討《やみう》ちしまくってたらいつの間にか上級職になってて、あとは流れで適当に全員ぶちのめした（笑）」

「なんですかそれ!?」

格上対策のヒントが得られるかも知れないと聞いてみれば、とんでもない答えが返ってきた。というか闇討ちとはいえなんで普通に中級職が上級職に勝ってるんだ……？

「ま～、なんにせよあんまり悲観する必要はないよぉ、クロス君」

S級冒険者のとんでもエピソードに唖然《あぜん》としていた僕に、テロメアさんが優しく声をかけてくる。

「十日で上級職を相手取るのは確かにかなり厳しいけど、対策はちゃんとあるから～。《上級瞬閃剣士》に勝てるよう頑張ろうね～」

「そうだそうだ。守る冒険者になんだろ？　だったら今日の決断を後悔する必要なんざねーよ。いままでどおり、あたしらがお前を強くしてやる。安心して修行に専念しな」

「みなさん……」

僕の迂闊《うかつ》な判断をたしなめつつ、けれど尊重してしっかりと力を貸してくれる。

僕自身はまだまだ未熟でダメダメだけど……せめてこの人たちの厚意には全力で応えたい。

「ありがとうございます！　よろしくお願いします！」

迂闊な自分を恥じ入る気持ちも悶絶《もんぜつ》したい衝動も、いまだけは心の奥に押しやって。

僕は真っ直ぐな気持ちで師匠たちに頭を下げるのだった。

＊

――その日の夜。

クロスが就寝したのを確認したリオーネ、リュドミラ、テロメアの三人は、食堂で額をつきあわせていた。

議題はもちろん、決闘を前にしたクロスの育成方針についてだ。

しかしその雰囲気はクロスに「任せろ」と言ったときに比べて深刻な色合いを帯びている。

「ちっ。貴族に目ぇつけられること事態はクロスの成長に繋《つな》がるから大歓迎なんだが、いきなり上位貴族と真っ向勝負になるたぁな。さすがにペースが速すぎだ」

言いつつ、リオーネはテロメアに目を向ける。

「なあおい、やっぱ厳しいか？」

「そうだね～、クロス君を安心させるためにひとまずはああ言ったけどぉ……」

水を向けられたテロメアは言葉を濁しつつ、コピーしておいたクロスのステータスプレートを取り出した。喧嘩《けんか》祭りや普段の修行を通し、ここ数日で成長した少年のスキルが表示される。

直近のスキル成長履歴
《力補正ⅡＬｖ１（＋88）》　↓　《力補正ⅡＬｖ２（＋97）》
《俊敏補正ⅡＬｖ４（＋116）》　↓　《俊敏補正ⅡＬｖ５（＋124）》
《特殊魔力補正Ｌｖ５（＋41）》　↓　《特殊魔力補正Ｌｖ７（＋57）》
《中級剣戟《けんげき》強化Ｌｖ１》　↓　《中級剣戟強化Ｌｖ２》
《身体能力強化【中】Ｌｖ４》　↓　《身体能力強化【中】Ｌｖ５》
《緊急回避ⅡＬｖ２》　↓　《緊急回避ⅡＬｖ３》
《中級クロスカウンターＬｖ１》　↓　《中級クロスカウンターＬｖ２》
《ケアヒールＬｖ１》　↓　《ケアヒールＬｖ２》

既存スキル
《防御補正ⅡＬｖ１（＋94）》　《加工魔力補正Ｌｖ１（＋５）》

《魔防補正Lv２（＋15）》
《トリプルウィンドランスLv５》
《体外魔力操作Lv７》
《体内魔力操作Lv６》
《ガードアウトLv５》
《身体硬化【小】Lv９》
《攻撃魔力補正ⅡLv４（＋116）》
《風雅跳躍Lv３》
《体外魔力感知Lv７》
《体内魔力感知Lv６》
《基礎研磨Lv１》
《イージスショットLv１》

スキルのLv上限が10であるのは下級スキルだけ。

ステータス補正以外のスキルは中級上級と発展していくにつれてLv上限が20、40と上昇していき、それにともないスキルの成長速度というのは相対的に鈍化していく。

Lv１辺りの威力や速度の上昇割合が少しばかり小さくなるため、Lvの上昇速度は変わらずとも、実際の戦闘力の伸びは鈍っていくのだ。

クロスもその例に漏れず成長速度は多少鈍化している。

が、それでもなおステータスプレートに表示される数値は異常の一言。

近接系スキルを中心にLv《熟練度》がかなり上がっており、確実に数日前の少年よりも強くなっていた。喧嘩祭りでの連戦がしっかり糧になった証拠だ。

いつの間にやら鍛冶師《かじ》スキルまで獲得しており、そのポテンシャルはS級冒険者にも計り知れない。

だが現時点では――。

クロスのステータスプレートを無言で眺めていたリュドミラが目を細める。

「敵はレベル50、上級職としてはひよっこレベルとはいえ、速度特化の《瞬閃剣士》だ。対してクロスの実力は現状、中級職中位ほど。あと十日で勝たせるのはいくらなんでも不可能だな。《持たざる者の切望《シンデレラグレイ》》の成長速度補正にも限度がある。どう考えても時間が足りない」

「だよね～。いちおう格上対策があるのは本当だけど、さすがに十日じゃちょっと。せめて一か月くらいあれば違うんだけど～」

「だがこの劇的な決闘の詳細はすでに街中に広まっている。裏工作で不自然に開催日時を延ばそうものなら、決闘の正当性そのものが疑問視されかねん。クロスの真剣勝負に水を差すような真似は避けたいな」

「ん～、じゃあ、どうしよっかぁ」

リオーネ、リュドミラ、テロメアの三人が押し黙る。

なかなかの難題に答えはいつまでも出ないかと思われたが……やがて誰ともなく「にこり」と微笑《ほほえ》んで、その解決策を口にした。

「修行期間は最低でも一か月は欲しい。でもって不自然な日程変更も避けてえとなると……決闘が延期になるのもやむを得ねえ大事故が偶然起きるのを祈るしかねえな」

「うむ。リオーネの言うとおり偶発的な大事故を待つのがもっとも合理的だな」

「そうだねぇ。まあこの街は《深淵樹海》も近い土地だし、たまたま都合良くそういう大事故が起きるのも低い確率じゃないからねぇ。祈っとこっか～」

言って、三人は「うふふ」「あはは」と和やかに笑みを交わし合った。

＊

ギムレットとの決闘まで、あとたったの十日。

ただでさえ時間がないのだから、可能な限りやるべきことは取捨選択する必要がある。

「せっかく復学できたのにもったいないけど、しばらくは冒険者学校を休んで修行に専念しないと……」

というわけでギムレットに決闘を挑んだ翌日。

僕はしばらく休む旨を伝えるために学校へやってきていたのだけど……なにか様子がおかしかった。

学校全体が、いや正確には街全体がなにやら浮き足立っていてざわざわと騒がしい。

「？　一体どうしたんだろう……なにか事件でも起きたとか？」

首をひねりながらやたらと人だかりのできている掲示板前にさしかかったときだった。

「クロス・アラカルト」

「え？　っ!?　あ、あなたは……!?」

声のしたほうを振り返り、ぎょっとする。

なにせそこに立っていたのはギムレットの側近だったのだ。それもモンスターを誘導してみんなを襲撃し、ジゼルに不意打ちを食らわせたという黒髪の女性。

いきなり声をかけられた驚きと再燃した怒りで一瞬剣の柄に手がかかる。

けどその激情はすぐ別の感情に取って代わられた。困惑だ。

黒髪の女性はなにやら酷《ひど》く混乱しきった様子で、こんなことを言い出したのだ。

「クロス・アラカルト。あなたにお知らせがあります」

「……なんですか？」

「決闘は延期です。少なくとも一か月は開催できません」

「え!?」

「正式な開催日時はまた後日。復興速度にも左右されるので完全に未定ですが……開催数日前には告知される予定なのでお忘れなきよう。では、確かに伝えましたので」

「え、ちょっ、どういうことなんですか!?」

「急いでいますので。詳しくは掲示板を。それでは」

言って、黒髪の女性は不思議な身のこなしで雑踏に消えてしまった。

「え、ちょっ、本当にどういうこと⁉」

混乱の極地に放り込まれた僕は言われたとおり掲示板に突撃する。

決闘のことが広まっているのか周囲の視線がもの凄《すご》いけど、気づかないふりをして掲示物に目をやった。次の瞬間、目を疑うようなお知らせが目に飛び込んでくる。

休校と復興協力のお知らせ

昨夜未明。バスクルビアと各主要都市を繋《つな》ぐ中央街道が広範囲にわたって崩壊。復興の土木工事と周辺モンスターの討伐に多数の人出を求む。学校はしばらく休校とするほか、各種催しも自粛とするため、手が空いている者は可能な限り協力されたし。

「な、なんだこれ……⁉　こんなタイミングで大規模事故……⁉」

決闘延期の理由はわかったものの混乱はさらに加速する。

なにがなんだかわからず、僕はひとまずお屋敷へと駆け戻った。

「し、師匠――っ！　大変です！」

お屋敷に帰宅した途端、僕は大慌てでリオーネさんたちに諸々の報告を行った。

「なんだかよくわかんないんですけど、大規模な街道崩落事故が起きて決闘が延期になっちゃったみたいで……学校もなくなって修行の時間がたっぷり取れるみたいなんです！」

事態が事態だけに素直に喜べず、かといって修行の時間が取れたことは真っ先に師匠に伝えるべきで……我ながら混乱しまくってるなと自覚しながらまくし立てる。

するとS級冒険者の師匠たちはなぜかやたらとおだやかな表情で「にっこり」と微笑《ほほえ》み――

「ほぉ。ついこの前ポイズンスライムヒュドラの襲撃があったばかりだというのに、不幸は重なるものだな。さすがは《深淵樹海》に近い冒険者の街。物騒なことだ」

「だな。けどまあ、良かったじゃねえか、修行時間が確保できて」

「ね～。きっとクロス君の日頃の行いが良いからだよ～」

あ、あれ？　なんか変だな？

S級冒険者である師匠たちのことだから街道崩落くらいじゃ驚かないのも無理はない。けどここまで都合の良い事故が起きたにしては反応が薄すぎるような――と違和感を抱いていた、そのときだ。

「こらあああああああああっ！　出てこい貴様らあああああああああああっ！」

ドンドンドンドン！

お屋敷の入り口付近から、聞き覚えのある怒声が聞こえてきた。

この声――もしかしてサリエラ学長!?

「あんな大規模崩落が偶然起こるものかあああっ！　どうせ貴様らの仕業だろう！　いや確か

に、度を越した貴族の横暴に気づくのが遅れた私たちギルド側にも落ち度はある！　落ち度はあるが限度というものを考えろバカモノどもがああああああああああっ！」

「チッ、うっせえのが来たな」

くぐもって聞こえづらいサリエラ学長の怒声が響いた途端、リオーネさんたちが動いた。

「わっ!?」

リオーネさんが僕を抱え、サリエラ学長から逃げるようにお屋敷の上空へと飛び出す。

「つーか主要街道が潰《つぶ》れても迂回路《うかいろ》は生きてるから流通自体は途絶えてねーし。勢力争いやってる連中からすりゃあ復興事業に人や金を出してポイント荒稼ぎできる良い機会じゃねーか」

「だよね～。わたしたちも修行の時間が取れて助かったし、みんなが得する良い事故だよこれは～。こんなことってあるんだねぇ」

「というわけでクロス。運良く修行の時間は確保できた。正直それでも足りるかはわからないが、ひとまず修行に専念することとしよう」

「あっはい」

ま、まさかこの人たち……。

一瞬、僕の中でとんでもない疑念が沸き起こる。

い、いやでも、さすがにそこまでするとは……。

けどこの状況は……。

（…………………………………………はっきりさせないほうがいいかもしれない）

そうして僕は湧き上がる疑念に全力で蓋《ふた》をして。

師匠たちに抱えられたまま、修行の舞台である《深淵樹海》へ向かうのだった。

仲間を傷つけた遙《はる》か格上の傑物《けつぶつ》に、一矢報いるそのために。

第三章　速度対策と樹海の主《あるじ》

1

「さて、そんじゃあ決闘に向けた修行をしてくわけだが――」

《深淵樹海》の中層域。

周囲の木々をなぎ倒して作った空間に降り立った師匠たちは、早速修行の具体的な方針を語り始める。

「《上級瞬閃剣士》を相手取るうえで重要なのは、なにをおいても速度対策！　これができねえと文字通り勝負にもなりゃしねえ」

「ですね……」

決闘を申し込んだあの日、血が流れるまで攻撃に気づかなかったときのことを思い出す。

あれが実戦なら、僕は戦いが始まったと認識すらできず首を飛ばされていただろう。

速度対策は必須。というか勝負を成り立たせるための大前提だ。

と、修行方針に納得する僕に、なぜかリオーネさんが少し渋い顔をしながら続ける。

「で、だ。速度に関しちゃあたしもリュドミラもある程度の対抗策は授けてやれるが、今回は実力差が実力差だ。相手がここまで格上となると……」

「は～い！　格上相手の戦闘といえば《終末級邪法聖職者》《ダークプリースト・ハイエンド》であるわたしの出番だよねぇ」

リオーネさんの言葉を引き継ぐように、テロメアさんが元気よく手をあげた。

そんなテロメアさんに、リオーネさんとリュドミラさんがなんだかものすごーく嫌そうな顔を向ける。

「……はぁ。まあそうなるよな。クソ、回復魔法に続いてまたテロメアが修行の中心かよ」

「テロメア。繰り返しになるが、修行にかこつけてクロスにいかがわしい真似をしたらどうなるか……わかっているな？」

「はいは～い。わかってるよぉ」

リオーネさんとリュドミラさんになにか詰め寄られながら、テロメアさんは元気に返事。

くるりとこちらに向き直ると、唐突にこんなことを言い出した。

「それじゃあ修行を始める前に、クロス君に問題で～す。自分よりずっと強い相手に勝つにはどうすればいいでしょ～？」

「え？　ええと……追いつけるように修行を頑張るのは当然として、相手の弱点を研究して突くとか……？」

「うんうん。大正解！」

僕の答えにテロメアさんが指で丸を作る。と同時にもう片方の手で指をピンと立て、

「けど《邪法聖職者》的な正解は他にあってねぇ？　格上に勝つには……相手を自分より弱くしちゃえばいいんだよ～」

「え」

「強敵っていうのは超えるものじゃなくて、引きずり落とすモノなんだ～」

ニタァ、とテロメアさんが悪い笑顔を浮かべた――そのときだった。


「ゴアアアアアアアアッ！」


上空に突如、巨大な影が現れる。

凄《すさ》まじい速度で空を飛び回るそいつは巨大な鳥――モンスターだ。

「っ!?　もしかして、ギガントファルコン!?」

飛行速度が速すぎて正確には確認できない。

けどその特徴的な鳴き声は、座学で学んだ推定レベル40の機動力特化モンスターに間違いなかった。いまの僕では倒すどころか、目視することすら叶わない格上の怪物だ。

そんなモンスターが、こちら目がけて凄まじい速度で突っ込んでくる！

「あ、ちょうどいいや～。はい《スピードアウト・バースト》～」

「グゲッ!?」

一瞬の出来事だった。

こちらに突っ込んできたモンスターにテロメアさんが手をかざした瞬間。

掌《てのひら》から黒いモヤが噴出してギガントファルコンを直撃。

その場で墜落した鳥形モンスターはまるで時間の流れが遅くなったかのようにノロノロとしか動けなくなる。

瞬く間の出来事に僕が反応さえできないでいると、

「はいクロス君、トドメはお願いね～？」

「え、あ、は、はい！《身体能力強化》！《中級剣戟《けんげき》強化》！」

テロメアさんに言われ、ギガントファルコンの首に攻撃を叩き込む。

機動力に特化したぶん防御が低いのだろう。

ファルコンは僕の一撃であっさり絶命してしまった。

「レ、レベル40のモンスターがこんな簡単に……!?」

「ほらね～。ステータスを下げてあげれば、いまのクロス君でも樹海中層の格上モンスターを楽に倒せるでしょ～？」

強敵を引きずり落とす方針の絶大な効果に目を剝《む》く僕に、テロメアさんが嬉しそうに笑う。

「というわけで今回は相手の能力を下げる邪法聖職者スキルの習得を中心にやっていこっか～」

言って、テロメアさんは僕の服の中に手を突っ込んできた。え!?

「速度対策の修行はいくつかの段階にわけてやっていく予定だけど、まずは大前提。敵の速度を下げる邪法スキルの習得だね～。いつもどおりスキルの発動感覚を教えてあげるから、ほらしっかり密着して……はぁ、はぁ、ふへへ……♥」

「言わんこっちゃねえええええええっ！」

瞬間、かなりきわどい部分にまで手を伸ばしていたテロメアさんがリオーネさんに吹き飛ばされる!?　続けてリュドミラさんが地面にめり込んだテロメアさんに詰め寄り、

「貴様は本当に懲りないなテロメア……!?」

「え～。酷《ひど》いなぁ、リュドミラちゃんだって修行を口実にあれくらいやってるくせに～」

「……っ、貴様と一緒にするなアバズレが！」

「あ、あの皆さん、僕は大丈夫なので！　決闘で勝つためならなんでもするので！」

そうしてテロメアさんがリオーネさんたちにどやされるような場面はありつつ――テロメアさんを中心とした速度対策特化の修行が始まった。

「そんじゃあ邪法スキルの習得と並行して、あたしからも《上級瞬閃剣士》対策だ」

「はい！」

テロメアさんに邪法スキルの発動感覚をひたすら叩き込まれたあと。

続けて僕は近接戦最強のリオーネさんと向き合っていた。

「あたしの修行は、デタラメな速度に慣れる修行だな。ステータスに差があっても、速度に目が慣れるだけでだいぶちげーからな。つってもいきなり模擬戦じゃ厳しいから、まずは遊びで速さに慣れるぞ」

リオーネさんは僕から距離を取ると、近くに実っていた樹海の丸い果物を手に取り大きく振りかぶる。

「じゃ、渡した模造刀でこれを打ち返してみろ！」

「え――」

僕の眼前を暴風が吹き荒れた――そう認識したのとほぼ同時。

キュイン――ドッボオオオオオオオオオオン！

「わあああああああああああああああっ⁉」

僕の背後で凄《すさ》まじい爆発が巻き起こる。

吹き飛ばされた僕が慌てて振り返れば――樹海の木々が何十本も吹き飛び、地面がめくれ上がって巨大なクレーターが発生していた。

え、ちょ、これ、まさかリオーネさんが投げた果物で……⁉

「っと。わりぃわりぃ。速けりゃ速いほどいいと思って力加減ミスったわ」

リオーネさんが頭を掻《か》きながらさらに果物をむしり取る。

「ま、でもこんな感じでやってきゃ、《上級瞬閃剣士》程度の速さ、そんなに脅威には感じなくなんだろ」

リオーネさんは獰猛《どうもう》に笑うと、

「つってもいまのはさすがに速すぎたな。とりあえず最初は《上級瞬閃剣士》の最大剣速……の十倍くらいの緩い速さで続けてみっか。球はいくらでもあるから、まずは剣に球がかするくらいを目標にやってくぞ！」

「は、はい！」

《上級瞬閃剣士》の最大剣速の十倍くらいが「緩い」って……。

S級冒険者の感覚に常識を粉砕されながら、爆発音が轟《とどろ》く速度対策はその後、何百球にわたって続けられた。


「では私からも新しい魔導師スキルを授けよう」

リオーネさんとの超速球打ち訓練を終えたのち。

テロメアさんのスキルで気力と体力を回復した僕は続けてリュドミラさんの指導を受けていたのだけど……その内容に僕は困惑しきっていた。

「あ、あの、リュドミラさん？　これって本当に新スキルの修行なんですよね……？」

「無論だ。安心して私に身を委ねるといい」

言って、リュドミラさんが僕の下腹部に触れる。

すると僕の体内で見えない管がきゅっ、とキツく結ばれるような魔力が形づくられた。

「さあ、先ほどと同じように全力で魔法を練り上げてみなさい」

「は、はいっ」

リュドミラさんに言われたとおり、回復魔法《ケアヒール》を詠唱し魔力を解き放つ。けど、

「う、くううううううううっ」

全力で練り上げた魔力は体内に留まったまま放出されない。

僕の下腹部で結ばれたリュドミラさんの魔力が僕の魔法をせき止めているのだ。

僕は切羽詰まったように身体《からだ》に力を込めながら叫ぶ。

「リュ、リュドミラさんっ、限界ですっ。魔力が体内で溢《あふ》れて……もう出ちゃいますよっ！」

「まだだ、まだまだ。私がいいと言うまで、限界を超えて我慢しなさい。まだまだ……そら、三、二、一…………………………………………いいぞ」

「うわあああああああああああっ!?」

耳元で囁《ささや》かれた瞬間、下腹部の結びが緩み、それまで我慢していた魔力が一気に解放される。

練習用にあらかじめつけておいた浅い切り傷めがけ、掌《てのひら》からビュウウウッ！　と音が出そうな勢いで回復魔法が解き放たれた。

多分、いままでで一番の勢いだ。

魔法の威力自体は変わってないのだけど、我慢しまくったものを放出したせいか、なんだか妙に気持ち良い。軽い放心状態で身体がガクガクと震えちゃうほどだ。

そんな僕を見下ろしながらリュドミラさんが満足げに頷《うなず》く。

「よしいいぞ。魔法は本来、詠唱完了から発動までに待機させておける時間が短い。そのため使いどころを逃すなどの弊害があるわけだが……今回はその待機時間を伸ばすスキルの習得を目指す。此度《このたび》の決闘で想定される高速戦闘では必ず重宝するだろう」

修行の意義を再確認すると、リュドミラさんは再び僕の下腹部に手を伸ばす。

「さあ、もう一度だ。まずは私の補助なしで魔法放出を一分我慢できるところを目指そう」

「は、はいぃ」

魔法我慢の妙な心地よさが癖になっちゃったらどうしよう……。

おかしな心配をしつつ、僕は再びリュドミラさんに身を委ねて修行を続行するのだった。

2

そうして修行を初めてから二日が経った頃。

「――《スピードアウト》！」

詠唱を完了した僕の掌から黒いモヤが放出された。

「グガッ⁉」

黒いモヤの直撃を食らった《深淵樹海》のモンスターが悲鳴をあげ、動きが少し遅くなる。

その側面に回り込んで弱点部位に剣戟《けんげき》を叩き込めば、あっという間に討伐が完了。

僕は思わず拳《こぶし》を握りこむ。

「よしっ！」

「やったねぇクロス君。速度低下スキルの習得おめでと～。相変わらず覚えが速くて凄《すご》いよぉ」

「わっ、テロメアさん⁉」

僕の頭を抱えてくるようにして思いっきりなでなでしてくるテロメアさんに赤面しながら
「師匠のおかげです！」と笑顔で返す。

テロメアさんはそんな僕を抱えたまま、

「今回の修行は相手が相手だけに段階を踏んで進めていく予定なんだけど、これで第一段階は完了だねぇ。というわけで早速第二段階に……と言いたいとこなんだけどぉ」

「？」

僕のスキル獲得に喜んでくれたかと思えば、テロメアさんが困ったように言葉を濁す。

と同時に、空から人影が降ってきた。

魔法我慢練習の時間以外はちょこちょこ姿を消していたリュドミラさんだ。

「どうだった～、リュドミラちゃん。こっちはクロス君が早速スキルを獲得してくれたんだけど、そっちは良い〝穴〟見つかった～？」

「ダメだな。やはり魔導師系《職業《クラス》》の私では探知にも限界がある。樹海は広大だ。なかなか理想の〝穴〟は見つからんな」

「うーん、多少は妥協してもいいんだけど、今回はちょっとねぇ」

二人はなにやら相談するように言葉を交わす。

どうしたんだろうと思い訊《たず》ねてみれば、意外な答えが返ってきた。

「それがね～、修行の第二段階ではクロス君にそろそろ実戦中心の修行をさせてあげたいと思ってたんだけど、いまのクロス君の実力にあった練習場所がなかなか見つからなくって～」

テロメアさんが申し訳なさそうに両手の指をあわせる。

「良い実戦経験が積めれば《スピードアウト》を使った戦闘に早く慣れてもらえるし、スキルＬｖの成長速度も全然違ってくるから～。決闘まで時間がない以上、最高の練習場所を探してあげたいんだよね～」

「そうだったんですか……」

僕の修行のためにそこまで……となんだか少し申し訳なくなる。

でもなんだか不思議だ。

実戦ならモンスターの巣窟《そうくつ》であるここ《深淵樹海》でちょうどいい深度まで潜ればいいだけなんじゃあ？　そもそも〝穴〟ってなんだろう？　と首を傾げていたところ、リオーネさんが膝《ひざ》を叩いて立ち上がる。

「仕方ねえ。闇雲《やみくも》に探してても時間の無駄だし、樹海に詳しいアイツに会いに行くか」

樹海に詳しいアイツ……？

「ただまあ、アイツは会うのにちょっと手間がかかるからな。つーわけで――」

ばしっ。僕の肩を叩くと、リオーネさんは獰猛《どうもう》な笑みを浮かべてこう言った。

「クロス。わりぃけどお前にもちょっと手伝ってもらうぞ」

「え？　あ、はい、もちろん！」

樹海に詳しい人って誰なんだろうとか、新たな疑問は湧くけれど。

全力の修行計画を立ててくれている師匠たちの負担を少しでも軽く出来るならと、僕は一も二もなく首を縦に振った。

＊

そうして師匠たちのお手伝いを快諾した僕は、大量の荷物を背負った状態で一人、《深淵樹海》のど真ん中を歩かされていた。

「――って、これは一体どういうお手伝いなんだ!?」

師匠たちに言われた通り森の中を適当に歩き始めてしばらくが経つのだけど……まったく

意味がわからなかった。

実戦修行にちょうどいい場所を探すため、《深淵樹海》の有識者？　に会いに行くという話だったはずなのに。やっていることといえば樹海の西端辺りをひたすら散策。

しかも僕がいま背負っている大量の荷物はすべてバスクルビアで買い込んだお菓子だった。

ますます意味がわからない。

「テロメアさんたちは僕の後ろのほうで気配を消してるって話だけど、これじゃあ僕を囮《おとり》にモンスターでも探してるみたいだ……」

そう考えたところでふと気づく。

「あれ？　そういえば全然モンスターに遭遇しないような……」

結構な時間を歩き回っているはずなのに、これまで一度も会敵していない違和感に気づいてふと背筋が寒くなる。

《深淵樹海》は世界でも有数の魔力溜まり。

いくら討伐しても偏った魔力の影響でモンスターが一定数生み出される魔境だ。

それなのに全然モンスターに遭遇しないなんて、まるでモンスターたちがこの辺りに近づくのを避けてるみたいな——とそこまで考えたときだった。

バキバキバキバキバキ——ッ！

「っ⁉」

最初に響いたのは、木々をなぎ倒す破砕音。

続けて全身に鳥肌を立たせたのは、禍々《まがまが》しいまでの強大な魔力。

そして驚愕《きょうがく》した僕の目に飛び込んできたのは巨大な影だった。

「な──っ⁉」

なんだこいつは⁉

突如として出現したソレに、僕は声も出せなくなる。

黒龍。

モンスターの中でも最高クラスのポテンシャルを持つ巨大モンスターが、僕の前に立ち塞《ふさ》がっていたのだ。

大きさはロックリザード・ウォーリアーの数倍。龍としては決して大型とは言えないけど、それでも身に纏《まと》う魔力は明らかに規格外だった。

僕なんかでは正確な強さなんて推し量れないほどに。

その威圧感は凄《すさ》まじく、以前バスクルビアを襲った危険度《リスク》9、ポイズンスライムヒュドラに匹敵する重圧が僕から呼吸さえ忘れさせる。

だけど──僕が本当に息を忘れるほどの衝撃を受けたのはその直後のことだった。

『なんじゃ。良い匂いがしたかと思えば、こんなところに人間の子供が一人きりとは。道にでも迷ったか？』

「……っ!?」

しゃ、喋《しゃべ》った!?

え、いま、この黒龍が喋ったのか!?

いくらなんでもなにかの間違いじゃあと耳を疑うのだけど——

『おいどうした。答えぬか。いや、むしろ妾《わらわ》の前で意識を保っている時点でよくやっているほうか』

「……っ！」

ま、間違いない。

僕の目を見て、しっかり喉《のど》を震わせて、この黒龍自身が喋っている。

その事実に僕は途方もない衝撃を受けていた。

だって人語を解するモンスターなんて普通はあり得ない。

可能性があるとすれば、それは年を経て強力な力と知性を身に付けた特殊モンスターか、あるいは——モンスターの上位種族。

人族の天敵。魔族だ。

ド——ッ、と全身から大量の冷や汗が噴き出した。

まさか魔神の消えた《深淵樹海》にこんな怪物が潜んでるなんて――と頭が真っ白になった直後。

「おー、釣れた釣れた」

「やっぱりクロス君に任せて正解だったね～」

「我々では警戒されてしまうからな。クロスにしかできない良い仕事だった」

死さえ覚悟した僕の緊張とは正反対の軽い声が背後から響く。

あ、そういえば師匠たちが背後に控えてくれてたんだっけ、と僕がようやく思い出した次の瞬間だった。

『ギャアアアアアアアアアアッ!? なんで貴様らがおるんじゃあああ!?』

突如、師匠たちの出現に気づいた黒龍が悲鳴をあげる。

かと思えばその姿が急激に小さくなり――

「な、なんの用じゃ貴様ら!? はっ、まさかその迷子の子供は妾《わらわ》をおびき寄せるための罠《わな》か!?」

つい先ほどまで黒龍がいた場所には、片角の生えた浅黒い肌の幼女が出現していた。

どういうことなの!?

「ちょ、師匠!? なんですかこの可愛《かわい》い女の子!?」

驚愕《きょうがく》と混乱でわけがわからなくなりながら師匠たちに詰め寄る。

するとリオーネさんはなんでもないように頭を掻《か》きながら、

「ああ、こいつがあたしらの探してた樹海に詳しいヤツだよ」

「樹海に詳しいヤツって……いやあの、いま黒龍から変身したように見えたんですけど、一体どういう人なんです⁉」

「んー、まあ端的に言えば、魔王モドキってヤツだな」

「まお……⁉」

やたらと軽い調子で言う師匠にいよいよ混乱しすぎて固まる。

「モドキじゃない！」

そんな僕の混乱をさらに加速させるように、片角の幼女が半べそで叫んだ。

「妾こそすべての魔物を従える正真正銘の魔王、ソルティ・バスカディアじゃ！」

3

「え……魔王って、本当にあの魔王なんですか⁉」

僕は大混乱のまま、驚愕の声をあげる。

だって魔王といえば、人族を脅かす災厄の代名詞。

かつて人族を滅ぼしかけたという魔神も、もとを正せば歴代最強の魔王と呼ばれる存在だったわけで。魔王といえば基本的に人族の仇《かたき》そのもののはずだ。

それこそS級冒険者がパーティを組まなければ太刀打ちできないような圧倒的災害なわけで……浅黒い肌をした目の前の可愛《かわい》らしい幼女とはどうしても結びつかない。

いやまあ、魔王を名乗るだけあってとてつもない力は感じるけど。

そう困惑しながら軽く震える僕を見て、ソルティさんがなにやら上機嫌に頷《うなず》いた。

「うむうむ。至高の魔王に対して畏《おそ》れを抱く正しい姿勢じゃな。好感度高いぞ、人の子よ」

なにやら喜んでもらえたらしく、ソルティさんが得意げな笑みを浮かべる。

そんなソルティさんに、リオーネさんが呆れたような声を漏らした。

「なーにが至高の魔王だ。そこらのしょぼい魔物にもそっぽ向かれてる半端魔王じゃねーか」

「うぐっ!?」

まるで図星を突かれたようにソルティさんがうめき声を漏らす。

けど次の瞬間には地団駄《じだんだ》を踏みながら全力の抗議を始めた。

「うるさいうるさい！　妾《わらわ》がこんな有様なのは、貴様ら人族が魔神にしっかりトドメを刺さんかったからじゃろが！　それなのに妾がしょぼいせいで半端魔王になってるみたいに言うな！」

「あ、あわわわわっ」

地面が割れるような地団駄に怯《おび》えつつ、話の見えない僕は師匠たちに改めて訊《たず》ねる。

「え、ええっと。それで、結局ソルティさんってなんなんです？　半端魔王って一体……」

「うむ。少し話は長くなるが順を追って説明しよう」

僕の質問に、リュドミラさんが静かに口を開いた。

「モンスターの頂点である魔王には発生条件がある。どういう仕組みかは不明だが、先代魔王が死んでから数年、数十年経つと、世界でもっとも強いモンスターあるいは魔族が自動的に魔王と呼ばれる存在に〝成る〟のだ。オスしか存在しない魚の群れの中で、もっとも大きな個体がメスに変わるようにな」

「けどソルティの場合はちょっと事情が違ってな。魔神の魂が完全には消滅してねえって話があんだろ？　そのせいかこいつ《こいつ》は魔王に成ったはいいものの、状態が中途半端なんだよ。ほら、あのねじれた片角が証拠だ。魔王は普通ねじれた角が二本生えてくるもんなんだけどな」

「……っ」

説明を引き継いだリオーネさんの指摘に、ソルティさんが恥じ入るように頭を隠した。

「ほ、本当に魔王なんですね」

師匠たちの説明を聞いてある程度ソルティさんの存在に納得する。

でもそうなると……中途半端とはいえ本物の魔王がかつての魔神領域である《深淵樹海》に巣くってるなんて危なくない？　と心配になる。

そんな僕の疑問を察したように、テロメアさんたちがさらに言葉を重ねた。

「魔王が人族とどのくらい敵対するかって、実はかなり個体差があってね～。ソルティちゃんは無闇に人を殺すわけでもないし、討伐してもしばらくしたら別個体が魔王になるだけで正直リスクのほうが大きいから、放置されてるんだよね～」

「むしろソルティの状態から魔神の消滅および復活の兆候を推し量れるからと、国やギルドが定期的に贈り物をもって観察に来るくらいだ。人族との関係は良好と言っていいだろうな」

「まあ、有り体に言っちまえば飼い殺し魔王ってわけだな」

「え、ええ……」

リオーネさんの身も蓋《ふた》もないまとめに僕は愕然《がくぜん》とする。

まさか国やギルドが魔王の存在を認知して共存してるなんてまったく知らなかった。

……あれ？　てゆーかちょっと待って。

国やギルドが魔王と接触してるとか、魔神復活の判断基準が割としっかり定められてるとか、これってかなりの機密情報なんじゃあ……!?

僕なんかがうっかり知っちゃって良かったのか!?　と魔王遭遇とは別の意味で震え上がる。

そんな僕のすぐ横で突如、膨大な魔力が膨れ上がった。なんだ!?

「ぬあああああっ！　誰が飼い殺し魔王じゃバカにしおってえええええ！」

「ソルティさん!?」

見れば、師匠たちに散々な評価を食らったソルティさんがブチ切れていた。ええ!?

「貴様らが以前この樹海に来たときに比べて妾《わらわ》だってパワーアップしておるのじゃ！　刮目《かつもく》せよ！　スキル《開闢崩牙》！」

ソルティさんが雄叫《おたけ》びとともに魔力の塊を放出した瞬間。

「――っ⁉　うわあああああああああっ⁉」

激しい轟音《ごうおん》と地鳴りに目を開けていることもできず、悲鳴をあげながらうずくまる。

ややあって顔をあげてみれば――周囲の森が消し飛んでいた。

「……っ⁉」

どれだけの範囲が吹き飛んだのかわからない。

少なくともバスクルビアの再開発地区がすっぽり収まる程度の範囲は更地と化しており、樹海の真ん中にいるとは思えないほど見通しがよくなっていた。な、なんだこれ……⁉

「わはははははは！　どうじゃ！　これが現役魔王である妾《わらわ》の力！　いくらS級冒険者とはいえ、いつまでも舐《な》めていたら痛い目に――」

「頂点氷獄魔法《アブソリュートゼロ・ディザスター》」

「頂点万能戦士スキル《極限膂力《りょりょく》強化》《闘神崩拳》」

ドグシャアアアアアアアアアアアア！

びびり倒す僕を見て満足そうな笑みを浮かべていたソルティさんの高笑いを遮るように――師匠たちが力を振るった。

瞬間――樹海が、地平線の彼方まで跡形もなく消滅する。

「あ、あばばばばばばばばばば」

ソルティさんはへたり込んで下半身から尊厳を放出。

「こ、これがS級冒険者の本気……!?」

あまりにも過剰な師匠たちの〝威嚇《いかく》〟に、僕もまた呆然《ぼうぜん》と声を漏らすことしかできなかった。


それからしばらくして。

「まったく。偏った魔力の影響ですぐ元に戻るからいいものの、樹海を滅茶苦茶に荒らしおってからに。……それで？　この妾にいったいなんの用じゃ」

ようやくまともに話ができる程度に落ち着いたソルティさんがジト目で師匠たちを睨《にら》みつけていた。尊厳お漏らしで汚れてしまった衣服はリュドミラさんの風、水、火魔法で元通りだ。

「そう邪険にすんなって。ちょっと探してほしい穴があるだけだ。弟子の育成に使いたくてな」

「弟子ぃ？」

リオーネさんの言葉に、ソルティさんが心底意外そうに目を見開いた。

「なんじゃ、妾を誘い出すための囮《おとり》かと思っていれば、弟子を取ったのか貴様ら。どれ、傍若無人の怪物三人組が選んだ弟子とはどんなもんじゃ」

「わ……!?」

ソルティさんの可愛《かわい》らしい顔が急に近づいてきて体が固くなる。

と、そんな僕をジロジロ観察していたソルティさんが「ん？」と首をひねった。かと思えばその整った顔をさらに近づけてきて――僕の首筋に顔を埋めてきた!?

「うひゃっ!?」

びっくりするくらい柔らかい唇や暖かい頬《ほお》の感触に肩が跳ね上がる。

僕は思わず赤面しながら身をよじって逃げようとするのだけど――なんだこの怪力!?

魔王からは逃げられない!?

心臓が破裂しそうになるけど、ソルティさんは小さな体全体で僕にしがみついたまま。

首筋を「ふんふん」としきりに嗅ぎ回ってきて、敏感な部位に生暖かい吐息が染み込むたびにゾクゾクと肌が粟立った。も、もうやめてぇ。

「んー？　んんん？　気のせいか？　お主、人の子にしてはなにやら妙な気配が――」

「てめえなにやってんだ淫売《いんばい》クソ魔王があああああああああああっ！」

「みぎゃあああああああああっ!?」

「ソルティさん!?」

突如、凄《すさ》まじい勢いでソルティさんが僕から引き剝《は》がされる。

次の瞬間には師匠たちがソルティさんを取り囲んでいて、

「いきなり私の将来のつが――弟子に愛撫をかますとはいい度胸だな消し炭にしてやる」

「極限回復魔法があるし、ちょっとくらいなら殺しちゃっても大丈夫だからね～」

「あばば、あばばばばばばばばばば（じょばーっ！）」

「ちょっ、待ってください皆さん！　僕大丈夫ですから！　全然攻撃とかされてないですから！」

友好的とはいえ、あくまで魔王であるソルティさんを警戒していたのだろう。

いきなり戦闘態勢に入った師匠たちの間に割って入り、どうにかソルティさんへの攻撃を食い止めるのだった。


——と、なんだかいろいろとバタバタしてしまったものの。

「なんじゃ！　良い匂いがすると思っていれば、しっかり報酬を用意しておったのではないか！　なら早く言え！　弟子の練習にぴったりな穴の捜索などお安いご用じゃ！」

僕が背負っていた大量の荷物——バスクルビア銘菓の存在に気づいたソルティさんはお漏らしのことも忘れて大興奮。

師匠たちの依頼である穴探しとやらを快諾してくれた。

そしてソルティさんがなんらかの気配を探知するかのように樹海の奥へと僕たちを先導することしばし——辿《たど》り着いたのは異様な雰囲気を放つ洞窟だった。

まさか、これって……!?

「うんうん。片角とはいえさすがは魔王だねぇ。出現モンスターの強さも種類も条件どおり。この〝穴〟ならクロス君の修行にぴったりだよ〜」

先行して洞窟の中を見てきたテロメアさんが満面の笑みを浮かべる。

そして世界最強の師匠は僕の手を取って洞窟のほうへと誘いながら、当たり前のようにこう言ったのだ。

「《上級瞬閃剣士》を相手取るための修行第二弾。クロス君には今日からこの〝ダンジョン〟を一人で攻略してもらうねぇ」

4

ダンジョン。

それはモンスターの巣窟《そうくつ》とされる魔力溜まりのなかでも、さらに局地的な魔力偏重の起こった危険地帯のことを指す。

ダンジョンは発生場所ごとに様々な特殊性質を持つこともあるけど、いずれも共通するのは常に大量のモンスターが徘徊《はいかい》しているという点だ。

そしてその物量はダンジョン最奥で魔力偏重の要となっている迷宮核《ダンジョンコア》を破壊しない限り尽きることがない。

そのため攻略に際してはパーティを組むのが当然であり、ソロ攻略は原則禁止とされているのがダンジョンという危険地帯の常識だった。

だというのに――

「それじゃあクロス君一人でまずは最下層を目指してみよっか～。あ、最初に言っておくけど、これは邪法スキルを使いこなすための修行だから～。攻撃魔法は使用禁止、近接スキルと邪法スキルだけで最下層を目指してね～」

「あと、魔力切れを起こしたときや危なくなったときのためにわたしが隠れて後ろについてくけど、怪我《けが》の治療なんかも基本的にクロス君だけでやってもらうから～。怪我をしたらモンスターから逃げ隠れしながら《ケアヒール》を唱えてね～」

「出現モンスターの平均レベルは30でちょっ、と難易度が高いけど、いまのクロス君にはちょうどいい修行になるよ～」

さも当然というように、テロメアさんはそんなことを言うのだ。

「……っ」

テロメアさんが言うように、難易度はかなり高い。

レベル50の《上級瞬閃剣士》を倒すことが最終目標なだけあって、いままでの甘々な修行とは一線を画す厳しさだ。

決闘までおよそ一か月しかないとはいえ、普通ならあまりに無茶な修行だと気後れしてしまうだろう。実際、ダンジョンの放つ禍々《まがまが》しい魔力を目の当たりにした僕の両手は小刻みに震えてしまっている。

けどS級冒険者である師匠たちのそんな無茶ぶりに対して――

（いまの僕の実力でどこまで通じるか、試してみたい――）

喧嘩《けんか》祭りのときと同じ感覚が胸の中で熱く脈打っていた。

この実戦修行をどこまでこなせるか。どこまで自分の力を伸ばせるか。怯《おび》えながらもワクワクしている自分が確実に存在していたのだ。

……きっと、テロメアさんたちはそんな僕の変化さえ見越して修行計画を組んでくれているんだろう。

「それじゃあクロス君も乗り気みたいだし、早速はじめよっか～」

「はい！」

信頼する師匠の声を皮切りに。

僕はモンスター蠢《うごめ》く危険地帯へ、その小さな一歩を踏み出した。

＊

「ウガアアアアアアッ！」

「くっ、またか！」

偏向した魔力の影響で薄暗く光る洞窟内は、まさにモンスターの巣窟《そうくつ》だった。

このダンジョンは単独行動を好むモンスターが比較的多いのか、四方八方から群れに囲まれるなんてことはないけど——とにかく会敵の頻度が半端ではない。

倒した側《そば》から新たなモンスターが次から次へと現れ、息つく暇もないのだ。

《深淵樹海》もモンスターの数が多いと感じていたけど、ダンジョン内での戦闘頻度はまた別物。戦闘の合間に回復魔法をかける時間が五戦に一回あればいいほうだった。

パーティ必須の危険地帯という呼称は伊達じゃない。けれど、

「《スピードアウト》！《中級剣戟《けんげき》強化》！」

「グギャウッ!?」

まだ階層が浅いせいか、連戦に次ぐ連戦でもいきなりやられるようなことはなかった。

近接スキルと邪法スキルの組み合わせで目の前のモンスターを切り伏せる。

推定レベル26モンスター。ハウンドドック。

危険度《リスク》4に分類される強敵だけど、ロックリザード・ウォーリアーのような特化型と違いバランスの取れたステータスは御しやすく、どうにか相手取ることができていた。

僕自身の成長もさることながら、新たに授かった速度低下の邪法スキルが格段に戦闘を楽にしているのだ。

「よし、魔法スキルなしでもどうにか通用するぞ！」

間断なく続く戦闘に心も体も熱く燃え上がる。

リオーネさんとの模擬戦時のように高揚した心持ちのままモンスターを次々と相手取り、僕は突き動かされるようにダンジョンの奥へ奥へと突き進んでいく。

……その矢先のことだった。

進路の先、ゴツゴツした洞窟の地面に、妙なものを発見したのは。

灰色の毛玉だ。

人の頭ほどの大きさがあるモコモコの毛玉が、洞窟の地面にぽつんと転がっていたのである。

「……？　なんだ？」

モンスターの巣窟《そうくつ》に似つかわしくない灰色のモコモコに少しだけ心が緩んだ。

刹那《せつな》。

「っ!?　え!?」

突如。灰色毛玉が僕の視界から消え失せた。

いやこれは――

（もの凄《すご》い速度で動き回ってる⁉）

ひゅん！　ひゅひゅん！

洞窟内に反響するのは鋭い風切り音。

薄暗い洞窟内で必死に目を凝らせば、かろうじて見えるのは灰色の軌跡だけ。

「なんだこいつ……⁉」

驚愕《きょうがく》もあらわに僕が声をこぼすも、残像さえ残さない灰色の軌跡は自らの姿を速度の中に隠したまま――突如として僕の顔面めがけ突撃してきた。

「うわっ⁉」

リオーネさんが見せてくれた超速度に目が慣れていたおかげで、かろうじてその一撃をかわすことに成功する。

けど無理な回避で体勢の崩れたのろまな獲物を逃すほど、そいつは甘くなかった。

ひゅん！　ひゅひゅひゅひゅん！　どごお！

「うぐっ⁉」

毛玉は洞窟の壁に反射するように転身。

空中に幾何学的な灰色の軌跡を描いたかと思うと、僕の胴体に突っ込んできた。

粗末なレザーアーマーを貫通し、凄《すさ》まじい衝撃が体を貫く。

だけど、

「《身体硬化》……！」

衝撃の直前、かろうじて発動していた防御スキルでなんとか耐える。

そこでようやく、僕の体にぶつかって停止した何者かの姿を拝むことができた。

そこにいたのは――後ろ足が異常に発達した灰色の毛玉。

小さな手とつぶらな瞳《ひとみ》、そして可愛《かわい》らしい見た目を台無しにする鋭い牙《きば》は、いつか座学で学んだことのある危険モンスターだった。

「推定レベル32……速度特化の危険度《リスク》4モンスター、スプリングホッパーか……っ！」

「キュイッ！　キュキュイッ！」

「うぐっ⁉」

正解、とばかりに鳴き声をこぼしたスプリングホッパーが僕の胴体を蹴り、再び灰色の軌跡と化す。

ひゅん！　ひゅひゅひゅひゅひゅひゅひゅん！

異常なまでの脚力で洞窟の壁を蹴り、超速度の跳躍を繰り返すスプリングホッパー。

その殺意と驚異的な速度は、絶対に獲物《僕》を逃がさないと言わんばかりに加速する。

神経を研ぎ澄ませれば洞窟の奥には同じ毛玉の気配が充満していて、この先が一筋縄ではいかないと痛感させられる。

だけど、

「スプリングホッパー。とにかく速度に特化してる反面、主な攻撃手段はモコモコの体を使った体当たりで、殺傷能力は比較的低い。速度対策の修行相手としてはもってこいだ……！」

テロメアさんたちが魔王に依頼してまでこのダンジョンを探していた理由を理解する。

ならば。僕がやるべきことは一つだ。

「其は黄昏《たそがれ》の怨嗟《えんさ》　地に落ち　地に沈み　鎖の絶望に頭《こうべ》を垂れよ　――《スピードアウト》」

新しく獲得したスキルを携え、僕は笑みさえ浮かべながら師匠たちの用意してくれた試練に立ち向かった。

5

そうして魔力が尽きるまでダンジョンに挑み続けた結果――

《身体硬化【小】Lv9》　→《身体硬化【中】Lv1》
《ケアヒールLv2》　→《ケアヒールLv3》

ひたすら実戦を積み重ねたおかげか、半日も経たないうちに早速スキルLv《熟練度》が上昇。下級スキルの熟練度上限Lv10に達した《身体硬化》が中級スキルへ派生し、より強力な攻撃に耐えられるようになっていた。

それは大変喜ばしい成長で、堂々と胸を張っていい確かな成果だ。

けれど僕はいま、素直にスキルの成長を喜んでいる場合ではないほどの深刻な問題に直面していた。それは――


「た、大変ですテロメアさん！　敵が速すぎて速度低下の邪法スキルが当たりません！」


ダンジョン内で魔力切れを起こして一時回収された僕は、とても頭の悪いことを言いながらテロメアさんに泣きついていた。

それというのも……途中までは順調だった今回のダンジョン攻略で、僕はあの灰色毛玉ことスプリングホッパーに一度も攻撃を当てることができなかったのだ。

それはもうボッコボコにされた。

外しまくった《スピードアウト》を差し置いて、成長が遅いはずの回復魔法《ケアヒール》のほうが先にLvアップしちゃってるのがその証拠だ（岩陰に隠れて必死に治療した）。

おかげでスプリングホッパーに遭遇して以降、ダンジョンを一歩も進むことなく魔力切れに陥り、こうしてテロメアさんの《魔力譲渡》を受けているのだった。

スプリングホッパーに手も足も出なかった理由。

それは速度低下の邪法スキルを当てないといけないほど速い相手には、そもそもこちらの攻撃がほとんど当たらないというジレンマだ。

よくよく考えれば事前にわかりそうな弱体化スキルの致命的な弱点。

ボコボコにされてようやくそれに気づいた僕は頭を抱える。

「あ〜、気づいちゃったぁ？　実はそれが《邪法聖職者》系の《職業》《クラス》が極端に少ない理由のひとつなんだよね〜」

途方に暮れる僕に魔力を注ぎ込みながらテロメアさんが語る。

「もともと弱体化系のスキルってモンスターがよく使うから印象が良くないうえに、味方に使う支援スキルと違って敵に当てないといけないから〜。しかも弱体化させる必要がある相手は基本格上。《邪法聖職者》は近接戦闘向きじゃないし初期は射程も短いから、そんなの当てるのは無理ってことで誰もこの《職業》《クラス》を選ばないんだよね〜。邪法スキルは威力こそ高いけど、《聖職者》《プリースト》系のスキルで味方をパワーアップさせたほうが安定するに決まってるし〜」

「それは、確かにそうですよね……」

スプリングホッパーにやられまくったいま、テロメアさんから初めて聞く《邪法聖職者》不人気論に頷《うなず》くしかない。そもそも当てることができない邪法スキルと、味方が自分から当たりに来てくれる支援スキルでは使い勝手が違いすぎるのだから。

けどだったら、速度で大きくこちらを上回る相手にどうすれば……と僕が再び思い悩んでいたところ、

「大丈夫だよ～」

テロメアさんが僕の頬《ほお》をツンツンとつつきながら微笑《ほほえ》んだ。

「《邪法聖職者》のスキルを扱うにはいくつかコツがあるんだけど、そのうちのひとつはもうクロス君に教えてるからぁ。あとは実際に試して身に付けるだけだよ～」

「え……？」

身に覚えのない師の教えに目を丸くする。

テロメアさんはそんな僕の記憶を刺激するように、

「思い出してみてぇ。このあいだ、わたしと遊んでたときのこと～」

「あ……」

言われて脳裏をよぎるのは、つい先日のとても恥ずかしい記憶だった。

＊

「それじゃ次はクロス君の番だよ～」

数日に一度の完全休養日にあたるその日。

僕とテロメアさんはお屋敷の食堂でとあるボードゲームに興じていた。

ここ最近、僕とテロメアさんの間で白熱しているチェスと呼ばれるゲームだ。

白黒にわかれ、それぞれ6種類16個の駒を用いて敵のキングを追いつめる盤上遊戯。

テロメアさんはかなり強く、普通はやらない駒落ち状態で指してもらってようやく対等だ。

そうして僕はいつものように上機嫌なテロメアさんと盤を挟んでいたのだけど、その日の僕はすこぶる調子が良かった。

「……あっ、ここもらいますね」

「あっ⁉」

妙手を閃《ひらめ》いた僕は大駒を獲得し、形成が大きくこちらに傾く。

テロメアさんが砂時計に追われて手を返すけど、大勢はほとんど決していた。

「えへへ。駒落ちですけど、これでようやくテロメアさんに勝てそうです」

言いつつ、油断することなく盤面を読む。

すると机の向こうから「む〜、こうなったら……」と小さな呟《つぶや》きが聞こえてきた。

意外と負けず嫌いな面のあるテロメアさんが本気を出すのだろうかと、僕はさらに深く盤面に集中した――直後、僕は下半身に違和感を抱く。

なにか柔らかいものがつんつん、さわさわと僕の足をいじっているのだ。

（え？　なにこれ？　まさかテロメアさんの足が当たってる……？）

気になって盤面から顔を上げるのだけど……足が当たっているどころの騒ぎじゃなかった。

それまで僕の位置を確かめるように蠢《うごめ》いていたテロメアさんの足が急ににゅっと伸びてきて、僕の太もも周りを撫《な》で回しはじめたのだ。

しかもなんか、すっごくいやらしい足つきで！

わざわざ靴を脱いだらしいテロメアさんの足先は滑らかなシルクに包まれていて、異常なまでに艶《なま》めかしい感触を僕の太ももに与えてくる。

当然、盤面を読むどころじゃない。

「ちょっ、テロメアさん!?」

僕は顔を真っ赤にしながら、声がうわずらないよう小声で抗議する。

けれどテロメアさんはとても楽しそうに微笑《ほほえ》みながら砂時計を指さし、

「え～？　どうしたのクロス君。早く指さないと持ち時間が尽きちゃうよ～？」

「っ!?　ちょっ、ずるいですよ!?　こんな番外戦術!?」

ようやく勝てそうだったのに！

テロメアさんの大人げないやり口に、僕はたまらず椅子《いす》をずらして距離を取ろうとする。

――が、テロメアさんの足の指はそんな僕のズボンを凄《すさ》まじい力でつまんで離さない。

S級冒険者の身体能力はどうなってるの!?

こうなったらリオーネさんたちに助けを――

「あ～、いいのかなぁ助けなんか呼んじゃって～。リオーネちゃんたちが押し寄せてきたら、せっかくクロス君が勝てそうだった盤面もおしおきの余波でぐちゃぐちゃになっちゃうかも～」

「ちょ!?　本当にずるい!?」

「えへへ～。こういうずるい手を躊躇《ちゅうちょ》なく打てるのも強さのうちだよ～」

「そ、そんな！」

くっ、くうっ。せっかく初勝利できそうだったのにどうすれば!?

考えるも、咄嗟《とっさ》には妙手なんて浮かばない。太ももに与えられる未知の刺激に思考を乱されるまま、時間に追われて悪手を指してしまった。その直後だ。

「ねぇクロス君。どうして世の中は悪い人が力を持って大きな顔をしてることが多いと思う？」

「え？」

不意に。

テロメアさんが僕の太ももを足先で撫で回しながら、少し真面目な調子で口を開いた。

「それはねぇ。前にも少し言ったけど、悪い人は手段を選ばないから。いまわたしがやってる盤外戦術みたいにね～。逆に良い人は「あれは人としてやっちゃいけない、これは可愛《かわい》そうだからするべきじゃない」って自分から勝手に駒落ち状態になるから、どうしても勝率が下がっちゃうんだよね～。あらゆる分野で」

僕がビクビクと体を震わせるなか、テロメアさんは自分の持ち時間を消費して言葉を重ねる。

「だから前に酒場で言ったみたいに、クロス君にはちょっとだけ悪い子になってほしいんだよね～。手段を選ばない立ち回りは戦いを有利にするし、なによりわたしがこれから教える邪法スキルは悪知恵が大事になってくるから～」

蕩々《とうとう》と語られるのはS級冒険者の口伝。

頂点へと辿《たど》り着いた傑物《けつぶつ》の教えだ。

「けどね。それはクロス君に無理矢理変われって言ってるわけじゃないんだ～。相手のことを気遣える優しいクロス君は、相手の嫌がる立ち回りや戦法も十分に察することができるはずだから～。一線を越えるきっかけさえあれば、クロス君はきっと優しいまま〝邪法〟を使える」

そうしてテロメアさんは、ニマァと艶《なま》めかしく笑うのだ。

「だからねクロス君。君もわたしがやってる盤外戦術みたいに、使える手はなんだって使っていいんだよぉ？　たとえばいまわたしがやってる盤外マッサージの仕返しをしてみるとか♥」

わたしと一緒に悪い子になっちゃお……？

言って、テロメアさんは僕の足先を自らの太ももへと誘導していく。

まるでいけない遊びに誘う怪しいお姉さんみたいに。

「使える手は……盤外戦術でもなんでも……」

そして僕はテロメアさんのイタズラに朦朧《もうろう》としながらS級冒険者の含蓄ある言葉に従い

――リオーネさんとリュドミラさんに大声で立ち会いを依頼。

盤面をしっかり記録してもらって駒が吹き飛ぶ憂いを断ってから机の下をチェックしてもらい、「それも悪くないけど思ってた展開と違う〜っ！」となぜか拗《す》ねるように嘆くテロメアさんを相手に駒落ちでの初勝利を飾るのだった。

テロメアさんの教え通り、相手の嫌がる盤外戦術をもってして。

＊

「……」

未だに生々しく残るテロメアさんの足の感触に頬《ほお》が熱くなるのを感じながら、僕は彼女の教えを思い出す。かなり特殊な状況だったとはいえ、師匠を相手に一本取れたときの感覚を。

「よ〜し。《魔力譲渡》も終わったし、もう大丈夫かなぁ？」

「……はい。いけそうです。ありがとうございます」

テロメアさんによる《魔力譲渡》が完了すると同時、僕は自らの回復魔法《ケアヒール》で体を治療。

思い出させてもらった教えを胸に、再びダンジョンへと足を踏み入れた。

「キュイッ！　キュキュイ！」

しばらく進んだ先で現れるのは、つい先ほど僕を完膚なきまでに叩きのめした灰色毛玉、スプリングホッパーだ。僕を見るや「また来やがったか」とばかりにひと鳴きし、一瞬で灰色の軌跡と化して洞窟内を跳び回る。

「勝つためには盤外戦術でもなんでも手段を選ばず、か……」

テロメアさんの教えを反芻《はんすう》しながら灰色の軌跡に対峙《たいじ》。

ぎゅっと剣を構え、守りを固めるように全身に力を込めながら《スピードアウト》の詠唱を開始した——そのときだった。

ドゴンッ！

「あっ!?」

スプリングホッパーの体当たりが直撃。

その衝撃に強く握っていたはずのショートソードがすっぽ抜け、カランカランと音を響かせ転がっていく。

なにやってるんだ僕は!?　と表情を歪《ゆが》ませ、慌てて武器を拾いに走る。

「きゅいっ！」

けどそんな間抜けな行動を見逃すほどモンスターはバカじゃない。

絶好のチャンス！　とばかりにひと鳴きし、武器を拾うために走る僕の背中に全力の体当たりをしかけてきた。

——僕が誘った通りに。

「《緊急回避》！　《スピードアウト》！」

「きゅいっ!?」

瞬間、僕は回避スキルによって転身。

こっそり詠唱を続けていた《スピードアウト》を発動し、スプリングホッパーの軌道上に黒い霧を散布した。灰色の毛玉が黒い霧に頭から突っ込む。直撃だ。

「よしっ！」

はじめてのクリーンヒットに僕は剣を拾いながら思わず快哉《かいさい》を叫んでいた。

いくら目で追えないほどの速度でも、攻撃の来る方向とタイミング、狙われる部位がわかっていればどうにか迎撃はできる。

恐らく対人戦では卑怯《ひきょう》と罵《ののし》られるような方法ではあったけど……重要なのは、やり方次第で当てる方法はいくらでもあると僕自身が強く実感したことだ。

「きゅいっ!?　きゅきゅい！　きゅいいいいいいいいいっ！」

《スピードアウト》はまだLvが低く、危険度《リスク》4には効果が薄い。

けど黒いモヤの直撃した毛玉の速度は明らかに落ちていて、自らの不調に警戒心を跳ね上げたスプリングホッパーは殺意を増して僕に突っ込んできた。

「《緊急回避》！　《身体硬化》！」

ギリギリのところで攻撃をいなす。耐える、いなす、いなす……と同時に転身。

「やあっ！」

壁を蹴って方向転換しようとする毛玉に向き直り、動きの鈍った相手に剣戟《けんげき》を叩き込む。

ガギィン！

直後に響くのは、盛大に空振った僕の剣が洞窟の壁を叩く音。

《スピードアウト》を食らってなお毛玉の速度は数段上手であり、渾身《こんしん》の一撃も容易《たやす》く避けられた。でも――これでいい！

「《スピードアウト》！」

「きゅいいいいっ!?」

僕の剣を避けた――いや、特定の方向へ避けるよう誘導されたスプリングホッパーが、刹《せつ》那《な》の時間差で散布されていた黒いモヤに突っ込み悲鳴をあげた。

毛玉の猛攻に耐える傍ら、静かに詠唱していた速度低下の呪い。攻撃魔法に比べて詠唱の短い邪法スキルの連続ヒットだ。

毛玉の速度はさらに落ち、スプリングホッパーの鳴き声が動揺と焦燥に揺れる。

そこからはもう、加速度的にスキルが決まった。

そして、

「《スピードアウト》！　《中級剣戟強化》！」

「ぎゅいいいっ!?」

幾度となく洞窟に反響した僕の悲鳴に代わって鳴り響くのは魔物の断末魔。

速度特化のスプリングホッパーはロックリザード・ウォーリアーに比べて防御も魔防も低かったのだろう。《スピードアウト》を数発食らった時点で大きく速度の低下した毛玉は僕の一撃で容易く地面に沈み動かなくなっていた。

「や、やった……やったぁ！」

大きな壁を乗り越えた達成感に体が熱くなる。

結局何発も攻撃を食らったうえに、だまし討ちを主軸としたやり方は決して褒《ほ》められたものじゃなかったけれど……これでコツは摑《つか》んだ。

「あとはテロメアさんの教えをもっともっと、自分の頭で考えて実行していくだけだ」

そうして――邪法スキルを活かす立ち回りを実戦の中で摑み取った僕は、壁を破った勢いのままにダンジョンを突き進んでいくのだった。

「ああ、やっぱりいいなぁ」

ダンジョンの暗がりのなか。

師の教えを吸収してまた一回り成長してみせた弟子の背中を見つめながら、ゾクゾクと体を震わせる人影があった。世界最高クラスの実力と美貌《びぼう》をほしいままにする怪物、テロメア・クレイブラッドだ。

「前からわかってはいたけど、クロス君の強みはユニークスキル由来の成長速度だけじゃないよねぇ。不遇だった孤児院時代になんで成長できないのか考えて、ひたすら試行錯誤を重ねてたからなのかなぁ。思考力やへこたれなさがしっかりあるし、素直な吸収力で何色にも光れるセンスがある……」

育てていて楽しいし、なにより自分の教えを柔軟に取り入れ発展していく様がどうしようもなく愛おしかった。

それははじめて弟子をとるテロメアにとって、これまでにない類いの心地よさ。

師匠として、女として、情念にも似た気持ちが否応なく膨らんでいく。

「ああ、やっぱり誰にも渡したくないなぁ。どんな手を使っても――……」

暗がりのなかでギラギラと瞳《ひとみ》を光らせながら。

歴戦のS級冒険者は恍惚《こうこつ》とした表情で熱っぽい吐息を漏らすのだった。

6

スプリングホッパーを撃破することで壁を越えたあと。

そこからは師匠たちによる個別の速度対策修行と並行し、ひたすらダンジョン攻略に挑む日々が続いた。

テロメアさんによる邪法スキルの手ほどきを中心に、リオーネさんの超速模擬戦とリュドミラさん直伝のスキル練習。それらをこなしてから、一日の総仕上げとしてダンジョンに挑みまくるのだ。

「やあああああっ！」

「きゅいいいいいっ⁉」

石つぶてを使った進路誘導。逃げるふりをして攻撃方向やタイミングを操作するなど。

あらゆる策を弄《ろう》して速度自慢のモンスターたちを狩っていく。

スプリングホッパーが二体同時に出現したときは片方から確実に。

他のモンスターと連携してきたときは、同士討ちを誘発させる立ち回りで敵を混乱させながら《スピードアウト》を叩き込む。

進めば進むほどダンジョンは加速度的に脅威を増して回復魔法に頼る場面も多くなっていったけど、初日のようにつまずくことはほとんどなくなっていた。

毎日しっかりと行われるテロメアさんたちの速度対策修行。自分より遙《はる》かに速い敵を相手取る技術と策。師匠の教えを反芻《はんすう》しながら実戦をこなすことで成長していくスキル。

それらすべてが嚙《か》み合い、どうにかダンジョンを一人で進むことができていた。

そうして速度に秀でたモンスターたちを狩って狩って狩りまくり、何度も何度も回復魔法で自分の傷を癒やしたその先で——ついに僕は辿《たど》り着く。

「ここは……」

坂を下った先に現れたのは、偏りすぎた魔力の影響で淡く発光する大部屋。

その入り口だ。

周辺にはモンスターの気配もなく、どこか静謐《せいひつ》な空気さえ漂っている。

ダンジョンの最下層。速度対策修行第二段階のゴールだった。

「や、やったた〜〜〜っ！」

身体《からだ》中ボロボロだし、途中でテロメアさんに魔力を補充してもらってのなんちゃってソロ踏破ではある。けどダンジョン攻略開始からおよそ二週間でようやく辿り着いたゴールに僕は思わず声を張り上げていた。

「やったねクロス君〜っ！　すごいよぉ、思ったより早くダンジョン攻略できたねぇ」

「わっ!?　テロメアさん!?」

後方からずっと僕のダンジョン攻略を見守ってくれていたテロメアさんが思い切り抱きついてきて、柔らかい感触に僕は顔を赤くする。

さ、さすがにちょっと強く抱きしめすぎじゃないですか!?　と慌てるのだけど、

「すごいよクロス君〜、本当にすごい！　このぶんだとスキルもしっかり成長してるんじゃないかなぁ」

「！」

各種回復スキルで僕を癒やしてくれるテロメアさんの言葉に促され、僕は抱きつかれたままステータスプレートを取り出していた。
表示されるのは、ここ二週間の無謀なダンジョン攻略で培われた確かな成長の証《あかし》。

直近のスキル成長履歴
《防御補正ⅡＬｖ１（＋94）》 → 《防御補正ⅡＬｖ２（＋113）》
《俊敏補正ⅡＬｖ５（＋124）》 → 《俊敏補正ⅡＬｖ８（＋148）》
《特殊魔力補正Ｌｖ７（＋57）》 → 《特殊魔力補正ⅡＬｖ１（＋89）》
《中級剣戟《けんげき》強化Ｌｖ２》 → 《中級剣戟強化Ｌｖ３》
《身体能力強化【中】Ｌｖ５》 → 《身体能力強化【中】Ｌｖ６》
《身体硬化【中】Ｌｖ１》 → 《身体硬化【中】Ｌｖ２》
《緊急回避ⅡＬｖ３》 → 《緊急回避ⅡＬｖ５》
《スピードアウトＬｖ１》 → 《スピードアウトＬｖ９》
《ケアヒールＬｖ３》 → 《ケアヒールＬｖ８》
《体内魔力操作Ｌｖ６》 → 《体内魔力操作Ｌｖ７》
《体内魔力感知Ｌｖ６》 → 《体内魔力感知Ｌｖ７》

「……っ！」

中級スキルのLv上限が20であることを考えると、上級職であるギムレットとの差はまだまだ大きい。それでも二週間で確実に近づけたと言えるくらいの飛躍的な成長だった。

ほかにもリオーネさんやリュドミラさんから授けられた新たなスキルもしっかり身についていて、ダンジョン攻略で高揚していた気持ちをさらに高めてくれる。

「うんうん。格上との基本的な戦い方もスキルの成長もばっちりだよ〜。修行の第二段階はひとまず完了だねぇ、おめでとうクロス君〜！」

僕と一緒にステータスプレートを覗《のぞ》き込んでいたテロメアさんが自分のことのように喜んでくれた。

けど——その雰囲気がふと真面目なものに変わる。

「それじゃあ……いよいよ修行の最終段階に移っちゃおっか〜」

言って、テロメアさんが僕を後ろから抱えたまま奥の大部屋へと歩き出した。

「え、ちょ、テロメアさん!?　最終段階ってまさか——」

僕はぎょっとして声をあげるも、テロメアさんの歩みは止まらない。

そして僕たちが大部屋へと足を踏み入れた瞬間——周囲を満たしていた静謐《せいひつ》な雰囲気は一変した。

「――っ！」

大部屋の奥。

鎮座するのは人の頭ほどの大きさの宝石――迷宮核《ダンジョンコア》だ。

ダンジョン構成の要であるその球体が強く発光すると同時、部屋の中央に凄《すさ》まじい密度の魔力が凝縮する。

まるでダンジョンが自らの身を守るかのような目の前の超常現象を、僕は座学で知っていた。

――ダンジョンボスの生成！

「それじゃあ、ひとまず頑張ってみてねぇ、クロス君」

僕を抱きしめていたテロメアさんの手がふっと離れる。

そしていままでダンジョン攻略を見守ってくれていたときと同様、ダンジョンの暗がりへと身を潜め気配を消した。

大部屋に残るのは僕と、いままさに出現しようとするダンジョンボスの気配だけだ。

（修行の最終段階……つまりいままで培ったものを使ってボスを倒せってことか！）

そう察した僕はぎゅっと剣を構える。

事前に《スピードアウト》の詠唱も行い、準備は万端だ。

そんな僕の眼前で――魔力が完全に凝縮しきった。

「クルル……っ」

「……っ！」

現れたのは、二足歩行の狐を思わせるモンスターだった。

けど、その輪郭は狐とはかなり違う。

異常に発達した下半身に絞り込まれた体軀《たいく》。細い両腕。体高は僕と同じくらいでモンスターとしては小柄ながら、溢《あふ》れる魔力と生命力のせいか実物以上の大きさにも感じられる。

（こいつは……推定レベル42の危険度《リスク》5モンスター、スプリングファイターか……っ！）

スプリングホッパーの完全上位種。

本来なら上級職による討伐が推奨される、速度と近接戦に特化した危険モンスターだ。

かなりの格上だけど……これに勝てないようじゃあ決闘に勝つなんて夢のまた夢。

重圧に汗を流しながら、僕はショートソードを握りしめる。

（テロメアさんのおかげで体調は万全。一回で勝てるとは思えないけど、現段階でどこまでやれるか――）

と、喉《のど》を鳴らしてこちらから仕掛けようとしたときだった。

毛むくじゃらの体が、僕の目と鼻の先に突如として現れたのは。

「は――!?」

咄嗟《とっさ》にショートソードを構え直す。

瞬間、凄《すさ》まじい衝撃とともに剣が吹き飛んでいた。

防御したにもかかわらず衝撃が身体《からだ》を貫き、痛みで邪法スキルの詠唱も中断される。

「なにが――!?」

ボスモンスターが顕現するやいなや速攻で攻撃を仕掛けてきた――遅れに遅れてようやく認識したころには僕の体勢は大きく崩れていて、反撃どころじゃない。

(な、なんだこれ!? 想定より遙《はる》かに……いくら速度特化っていっても限度があるぞ!?)

スプリングファイターのあまりの速度に足がすくむ。

いやけど、これは逆に好機だ。

リオーネさんが毎日見せてくれる人外速度のおかげで、ボスの奇襲にもギリギリで反応できた。相手は僕が完全に隙《すき》を見せたと思っている(というか実際に隙だらけだ)。

このままスプリングファイターがトドメを刺そうとする瞬間に《スピードアウト》をかければ――と全力で悪知恵を働かせていた僕は次の瞬間、言葉をなくした。

「っ!? どこに――!?」

スプリングファイターの姿が、視界から瞬時に消え失せたのだ。

一挙手一投足を見逃さないよう、ずっと睨《にら》みつけていたはずなのに！

「っ！」

瞬間、背後に気配を感じて即座に振り返る。

ダンジョン攻略を始めて以来、最速といっていい反応だった。

けど、

「――っ⁉」

最善の行動を取れたはずの僕の視界は、いままさにこちらの頭蓋骨《ずがいこつ》を砕かんと迫る毛むくじゃらの拳《こぶし》でいっぱいになっていて――

（こんなの、小細工を弄《ろう》するだけじゃどうしようも――⁉）

走馬灯のように頭の中で悲鳴が弾けたそのとき。

「はいストップ～」

「クルルッ⁉」

テロメアさんの間延びした声が響き、スプリングファイターの拳が僕の眼前でピタリと止まった。

ぶわっ！　拳圧による風が僕の顔を撫《な》でると同時、スプリングファイターが小さく声を漏らして床に倒れる。麻痺《まひ》したように口から泡を吹くボスモンスターの姿に、僕はようやくテロメアさんが助けに入ってくれたのだと気づいた。

「はぁ、はぁ、はぁ……っ！」

テロメアさんが止めてくれなかったら確実に死んでた。

数瞬遅れて実感した死の気配に全身から汗が噴き出す。

それから僕は荒い息を何度も繰り返して自分を落ち着けたあと、ダンジョン攻略初日のように全力で叫んでいた。

「ど、どうしましょうテロメアさん！　相手が速すぎると、ちょっと小細工を仕掛けたくらいじゃ話になりませんよ!?　というか小細工を仕掛ける暇さえないですけど！」

「うんうん、言葉で言うより実感してくれたほうが手っ取り早いな～と思ってやらせてみたけど、やっぱりクロス君は話が早いね～」

僕の叫びに、テロメアさんがニコニコと笑みを浮かべる。

「お察しの通りだよ～。あまりにも敵との実力が離れすぎてると、立ち回りや悪知恵だけじゃどうにもならないんだよね～」

だから――と。

テロメアさんは弱音を吐いてしまった僕の頭を撫《な》でながら続けた。

「修行の最終段階では、圧倒的格上に最初の一撃を叩き込むためのスキル習得を目指すよ～。そしてそのために重要なのは、クロス君が今日までしっかり鍛えてきた回復スキルなんだ～」

「……？　回復スキルが、格上対策の鍵に……？」

「うん」

回復魔法が一体どう格上攻略の要に？　と戸惑う僕に、テロメアさんは自信満々で頷《うなず》く。

そうして師匠は――百戦錬磨の《終末級邪法聖職者《ダークプリースト・ハイエンド》》は、心底楽しげに笑った。

三日月みたいに口を割って。怪しく目を光らせながら。

「《邪法聖職者》の立ち回りに、土台となる各種スキルのLvアップ。今日までのダンジョン攻略で基本は完璧に押さえた。それじゃあいよいよ教えてあげるねぇ。血を啜《すす》って生きる対人傭兵《ようへい》種族とまで謳《うた》われた最上位吸血族《ノーライフキング》の戦い方を～」

「……っ！」

凄絶な笑みを浮かべる世界最強に手を引かれ――修行はさらに加速する。

7

速度対策の修行が最終段階に入っておよそ二週間。

テロメアさんから授けられた新たなスキルを軸に、様々なスキルを飛躍させていく僕の戦闘は加速度的に研ぎ澄まされていった。

師匠たちによる模擬戦、スキル鍛錬、ダンジョン攻略、休憩、そしてまたスキル鍛錬。

繰り返される修行はしかし、日に日に強くなっていく実感と師匠たちの暖かい指導により飽きることがない。

急速に蓄積される実戦経験は、スキルのLvアップ以上の力を僕の身体《からだ》に刻み込んでいった。

「やあああああっ！」

「ガアアアアアッ⁉」

そして今日もまた、テロメアさんたちの個人指導を一通りこなしたのち、ひたすらダンジョンを突き進む。

出現するモンスターは、いまだに僕よりも速い速度特化の強敵ばかり。

けれどもう、スプリングホッパーの集団でさえ僕を長く足止めすることはできなくて。

いままで培ったものを活かし、応用し、発展させて。

雑念の入り込む余地すらない集中の果てに辿《たど》り着くのは洞窟の最奥。

何十回目の到着になるのか、もはや数えてもいない静謐《せいひつ》な大部屋だ。

「傷は回復済み。残存魔力は……最初にここへ辿り着いたときに比べれば全然余裕がある」

テロメアさんのケアは必要ない。

むしろいまは、テロメアさんから魔力譲渡を受けて気が抜けるほうが怖い。

自分の状態を確認して僕は頷《うなず》くと、その大部屋に一人で足を踏み入れた。

途端、迷宮核《ダンジョンコア》が強烈な輝きを放つ。

「クルルルルルッ！」

出現するのは、ダンジョンを守護する狐の怪物、スプリングファイター。

推定レベル42。上級職での討伐が推奨される危険度《リスク》5。

最初に戦ったときは文字通り手も足も出ず、あれから何度も挑戦して一度たりとも勝てなかった怪物だ。

けれど、

「今日こそは僕が勝つ！」

「クルルルルルッ！」

気合いを入れるように叫び剣を構える。

速度対策が始まってからおよそ一か月。

テロメアさんたちから授かったスキルと戦闘技術を総動員し、僕は臆することなくその死闘へと身を投じた。

＊

クロスが攻略を進めるダンジョンの内部を、凄《すさ》まじい速度で駆ける影があった。

暴力的なまでの風を身にまとったリュドミラだ。

「「「キュイイイイイイッ!?」」」

風魔法で機動力を強化したS級冒険者が洞窟内を駆け抜ければ、それだけでモンスターたちは壁に叩きつけられ絶命する。自慢の速度を活かす暇すらない一方的な虐殺だ。

そうして瞬く間にダンジョンの最下層まで辿《たど》り着いたリュドミラは、大部屋の入り口に立つ三つの人影を見つける。

クロスのダンジョン攻略を見守るテロメア。

テロメアが修行にかこつけてクロスにいかがわしいことをしないか見張るリオーネ。

そして暇だからという理由でクロスの修行を見学していた片角の魔王、ソルティだ。

そんな彼女らの背中へ、リュドミラは端的に告げる。

「正式な決闘日時が決まったぞ」

「きたか」

リオーネたちが真剣な表情で振り返る。

夕食や秘薬準備のため一時屋敷へ戻っていたリュドミラは、街で配られていた号外を掲げながら続きを口にした。

「三日後の正午。場所は中央闘技場だ」

「……三日後かぁ」

リュドミラの報告に、テロメアがかすかに顔をしかめた。

「う～ん、思ったより街道の復興が早かったみたいだねぇ」

「そんだけ街に集まった連中が優秀ってこったな。ちっ、もうちょい派手に壊しときゃよかったか」

「とはいえ、これ以上はどう引き延ばしても不自然にしかならないだろう。クロスを信じて送り出すほかあるまい」

言って、リュドミラが腹をくくったように大部屋を覗《のぞ》き込む。

その視線の先にいたのは――血まみれのクロスだった。

「はぁ、はぁ、はぁ、はぁ……っ！」

自らの血で真っ赤に染まった装備に、ズタボロの身体《からだ》。

口からはいまも血反吐《ちへど》が溢《あふ》れており、肩で息をするたびに満身創痍《まんしんそうい》の身体が大きくふらつく。

彼の足下で倒れ伏す危険度《リスク》5がいなければ、とても勝者には見えない有様だ。

そんなクロスの戦闘をすべて目撃していた魔王ソルティが、呆れたように漏らした。

「おいおい……アレが人族の戦い方か」

「人聞きが悪いな～。アレはれっきとした人族、最上位吸血族《ノーライフキング》の戦い方だよぉ」

「……《邪法聖職者》のスキルでバケモノの真似事をさせるか。イカれた師匠どもに目をつけられて、あの人の子も大変じゃの」

笑顔で反論するテロメアに、ソルティがドン引きしたように言う。

「なんにせよ、危険度《リスク》5を下したというならギリギリ水準には達したようだな」

テロメアたちのやりとりを背にリュドミラが頷《うなず》いた。

「クロス、決闘の日時が三日後の正午に決まった。もう引き延ばすことも叶わないが、どうだ。やれそうか」

大部屋の中央で立ち尽くすクロスへ呼びかける。

するとクロスは顔をあげ、ぽつりと漏らした。

「三日後……」

死闘を制した高揚で痛みさえ感じていないかのように。

息を切らしつつも、驚くほど穏やかな表情でクロスはステータスプレートを表示する。

直近のスキル成長履歴
《力補正ⅡLv２（＋97）》　↓　《力補正ⅡLv３（＋116）》
《防御補正ⅡLv２（＋113）》　↓　《防御補正ⅡLv５（＋138）》
《俊敏補正ⅡLv８（＋148）》　↓　《俊敏補正ⅡLv10（＋166）》
《特殊魔力補正ⅡLv１（＋89）》　↓　《特殊魔力補正ⅡLv７（＋140）》
《中級剣戟《けんげき》強化Lv３》　↓　《中級剣戟強化Lv４》

《身体能力強化【中】Lv6》　↓　《身体能力強化【中】Lv12》
《身体硬化【中】Lv2》　↓　《身体硬化【中】Lv3》
《緊急回避ⅡLv5》　↓　《緊急回避ⅡLv12》
《中級クロスカウンターLv2》　↓　《中級クロスカウンターLv3》
《体内魔力操作Lv7》　↓　《体内魔力操作Lv8》
《体内魔力感知Lv7》　↓　《体内魔力感知Lv8》

加えてステータスプレートに表示されているのは、大きく成長し、より強力なスキルへ発展した《スピードアウト》と《ケアヒール》。

さらに三人の師匠から授けられた速度対策用の新スキルも着実に飛躍を見せており、この二週間で成長したスキルLv《熟練度》は合計で70に達していた。

遥《はる》か格上との死闘を繰り返したことを鑑みても、通常とは明らかに一線を画す急成長だ。

しかしそれでも――

「三日後……このLvで《上級瞬閃剣士》に通用するかはわかりません」

クロスは静かに呟《つぶや》いた。

中級スキルのLv《熟練度》上限が20であることを考えれば、上級職との差はまだまだ大きいからだ。

ステータスに至っては、補正スキルだけではとてもカバーしきれないほどの差があるだろう。

けれど。

「師匠たちのおかげで、なんとか危険度《リスク》5を倒せるところまでこれました。あとは教えてもらった技をギリギリまで突き詰めていくだけです！」

気合いは十分。

全力で支援してくれた師匠たちの教えを胸に、クロスは再び激しい修行を繰り返すのだった。

仲間を傷つけた格上に、磨き上げた技が少しでも深く届くように。

＊

突如として崩落した街道の復興工事は、もうほとんど仕上げの段階に入っていた。

勢力争いで優位に立ちたい貴族たちの出資合戦。

加えて当代の貴族や冒険者たちの実力は頭ひとつ抜けており、その有り余る力で復旧工事に参加。予定よりもかなり早く街道復旧を成し遂げつつあったのだ。

街道崩落という巨大な異変にモンスターが寄ってくることも多々あったが、彼らにとってはモンスター退治こそが本業。土木作業よりも慣れた様子でモンスターを蹴散らし、なんの問題もなく工事現場を守り抜いていた。

だがその日は――いつもとは明らかに勝手が違った。

「うわああああああああっ!?」

それまで順調に復旧作業が進んでいた現場のひとつに突如、冒険者たちの悲鳴があがる。

さらには周囲に風が吹き荒れ、何人もの貴族や冒険者が白銀の軌跡らしきものに為す術《すべ》なく吹き飛ばされる。目にもとまらぬなにかが縦横無尽に暴れ回っているのだ。

「なんだ!?」

現場の冒険者たちが声を張り上げ目を見張る。

そして彼らは見た。

一瞬だけ立ち止まり、冒険者の群れを睥睨《へいげい》する巨大な影を。

「……っ!?　キラータイガー!?」

それは危険度《リスク》6に片足を突っ込んでいると言われる速度特化の危険度《リスク》5。

推定レベル50ともいわれる超危険モンスターだったのだ。

「なんで街道に危険度《リスク》5が出るんだよ!?」

「街道崩落に引き寄せられてわざわざ樹海の奥から出てきやがったってのか!?」

襲撃者の正体に気づいた冒険者や貴族らが青ざめる。

なにせ相手は速度特化。

いくら陣形を組もうが必殺の魔法を狙おうが、すべてを一瞬で突き崩すだけの理不尽な力を持つ怪物なのだ。

これだけの冒険者がいれば仕留めることは可能でも、一体どれだけの犠牲が出るかわかったものではない。

と、彼らが強力なモンスターの急襲に混乱しきっていたときだった。

「まったく。在野の冒険者だけならまだしも、この程度の敵に貴族まで取り乱すとは何事だ」

混乱を来す冒険者のなかにあって、あまりに落ち着いた声が響く。

複数の配下を引き連れ復興工事に参加していた上級貴族、ギムレット・ウォルドレアだ。

「瞬閃スキル――《俊敏強化》《剛・踏み込み強化》」

瞬間、ギムレットの姿が掻《か》き消える。

直後――ガギン！

誰もが知覚できない速度でもって振り抜かれた剣が、暴れ回っていたキラータイガーに叩き込まれた。遅れて響きわたるのは甲高い金属音。

それまであらゆる攻撃を避けていたキラータイガーが、はじめて攻撃を防御したのだ。

「な、なんだぁ!?」

「上級貴族だ！　ディオスグレイブ派の第四位が虎の動きを止めやがったぞ!?」

「なんつー速さだ!?　い、いまのうちに避難すっぞ！」

周囲の冒険者たちが逃げ惑う。が、その動きはあまりにも遅すぎた。

次の瞬間には、もう決着がついていたのだから。

「グルルルルルッ！」

「ほお。私の剣速に反応するか。最強格の危険度《リスク》5という評価は伊達ではないな」

突然の急襲者へ殺気を強める危険度《リスク》5。

だがギムレットは危険度《リスク》5の殺意など意に介さず不敵な笑みを浮かべた。直後、

「ではこれならどうだ――瞬閃スキル《幻瞬脚》《剛・剣速強化》《一迅百手《いちじんひやくしゆ》》」


ズガガガガガガガガガガガガガガガガガッッッ！


「――――――――っ!?」

それはまるで、腕が百本に増えたかと錯覚するような剣戟《けんげき》の嵐。

刻み、抉《えぐ》り、切り刻み、あらゆる角度から超速の剣戟が降り注ぐ。

一撃一撃の威力は決して高くない。

だが反撃さえ許さない暴力的な速度は、容易《たやす》く目標の命を削りきった。

「ガ……ア……」

その間、わずか数秒。

たった一人から無数の剣戟を受けたキラータイガーがどしゃりと地面にくずおれる。

そして傷ひとつ負わずに危険度《リスク》5を下したギムレットは剣を鞘《さや》に収めながら、

「脅威は取り除いた。復興作業を続けるがいい」

瞬間、静まりかえっていた冒険者たちが歓声をあげた。

「すげえ！」「勇者の末裔《まつえい》じゃあるまいし！」「誰だよ、今年のディオスグレイブ派が不出来だなんて言ったバカは！」「まだ十九だろ？　さすがは上位貴族様ってとこか……」

人々が口にするのは当然、ギムレットを称える声ばかりだ。

しかしそんななか――、

「……っ、冗談だろ」

戦慄《せんりつ》したように漏らすのは、孤児組とともに復旧作業に参加していたジゼル・ストリングだった。

危険度《リスク》5急襲の騒ぎを遠くから見ていた彼女は、ギムレットの戦闘に固い声を漏らす。

「クロスの野郎、この一か月は秘密特訓してるって話だが……本当に大丈夫なのかよ……っ」

いくらあのバケモノ師匠たちの協力があるとはいえ、速度に特化した《上級瞬閃剣士》の力はあまりに――。

決闘まであと数日。

どう考えても追いつけるはずのない彼我の戦力差に、ジゼルの頬《ほお》を冷や汗が滑り落ちた。

第四章　破滅の決闘

1

「はー……」

可憐《かれん》な唇から、憂鬱《ゆううつ》げな溜息《ためいき》が漏れる。

勇者の末裔、エリシア・ラファガリオンは疲れていた。

崩落した街道の復興に人出が割かれてしまったため、《深淵樹海》で日々生まれてくるモンスターの駆除や大型モンスターの素材採取などに連日駆り出されていたからだ。

今日もまた《深淵樹海》でモンスターを切り刻みまくり、勇者パーティの末裔たちとバスクルビアへ帰還したところだ。このあとはバスクルビアを訪れた各国要人たちとの顔合わせがあり、一人でのんびりする暇もない。

「……はぁ」

街道崩落からおよそ一か月。ほぼ毎日のように繰り返してきた窮屈で無味乾燥な生活に、エリシアは再びうんざりしたような息を漏らす。

疲れていた。

最上級職にまで上り詰めた肉体は疲れ知らずではあるが、心までそうとは限らない。

こういうとき、バスクルビアに来る前はとにかく美味《おい》しいご飯を食べまくって鬱憤《うっぷん》を解消していたものだが……なんだか最近は効果が半減しているように感じる。

バスクルビアの食事が口にあわないわけでは決してないのだが、いまはそれより――、

「ご飯を食べながら、お話ししたい……」

脳裏に浮かぶのは、無邪気に自分を慕い打算抜きで肯定してくれる少年の顔だった。

ここ一か月、仕事詰めなうえに冒険者学校も休校中であるためろくに会えていない。最後に見かけたのは喧嘩《けんか》祭りの開会式で、それさえ遠くから少し視線を交わした程度のものだ。

(冒険譚を聞きたいってクロスのためにいままでの戦いを思い出したり、《深淵樹海》での仕事の最中にモンスターの挙動を観察してみたり……お話のネタは、たくさん溜まってるのに……)

こちらから話したいことだけでなく、聞きたいことだって溜まっている。

貴族パーティと決闘したってどういうこと？　とか。復学試験のときも不思議だったけど、どうやってそこまで強くなったの？　とか。

なんだかもういろいろなものが溜まりすぎていて、いま周りにいる勇者パーティの末裔《まつえい》をどうにかまいてクロスに会いに行けないかと、不穏なことまで考えてしまう始末。

それほどまでに、エリシアのなかでは少年とご飯を食べに行きたい欲が高まっていた。

（……あれ？）

　そこでエリシアはふと気づく。

（そういえば私……なんでこんなにクロスのことばっかり考えているのかしら……）

《深淵樹海》での仕事中も、このモンスターとの戦いはクロスが喜んでくれそうとか、クロスのことばっかり気にしていた気がするし……なんだか変だ。

　自分の気持ちがよくわからない。

　――と、エリシアが人形のような無表情の裏で盛大に首をひねっていたとき。

「おーい！　決まったぞ！　延期になってた上位貴族と平民の決闘の日時だ！」

　いつもは勇者パーティの凱旋で騒がしくなる門の周囲が、いまは別のざわめきで満ちていた。

「三日後か！　街道復旧工事も一段落するし、ぜってぇ観にいかねえとな！」

「なんせ《無職》の平民が上位貴族に傘下入りを要求した決闘だからな。これ以上の見せもんはなかなかねえよ」

「最近街を賑《にぎ》わす《無職》のクロス・アラカルトと公爵家の上級職ギムレット・ウォルドレア。まあさすがに勝負は見えてるが、楽しみだ」

「え……」

　周囲から漏れ聞こえる情報をつなぎ合わせたエリシアの口から思わず声が漏れた。

（クロスが、上位貴族に傘下入りの決闘を挑んだ……？）

あまりにも荒唐無稽《こうとうむけい》でクロスの人物像にそぐわない話だ。

しかしそれは聞き間違いでもなければ一部の人間が言っているわけでもない、公式に発表された情報のようで――。

（平民のクロスが、わざわざ貴族に傘下入りの決闘を挑む理由なんて……え……まさか……）

ふと浮かんだ仮説に、エリシアの心臓がドクンと跳ねた。

そうして。周囲の噂話《うわさ》になどほとんど関心のないエリシアの耳にも話が届くほど人々が盛り上がりを見せるなか――街は決闘当日を迎える。

＊

「ふー」

闘技場のステージへと続く通路で、仕込みを終えた僕は息を整えていた。

やれることは全部やった。

世界最強の師匠たちの指導のもと、これ以上ないと確信できる鍛錬を積んできた。

それでもなお勝てる確証はないほどの格上が相手だけど……やることは変わらない。

積み重ねてきたものを、師匠たちからもらったものをすべてぶつけるだけだ。

「師匠たちから譲ってもらった防具もよし、と」

口に出して確認しつつ、僕は新しい装備の具合を確かめる。

それは両手首の周辺を守る手甲と、首を守るチョーカー型の防具。

速度特化の格上を相手に、急所を断ち切られて一瞬で勝負が終わらないようにするための贈り物だ。装備は自分で調えるという基本方針に触りすぎない程度の軽装備だけど……師匠たちが選んでくれたものなら間違いない。

「よし、行くぞ」

すべての準備を終えた僕は覚悟を決めて、明かりの差す闘技場ステージへと歩き出す。

途端——ドオオオオオオオオオオッ！

「……っ！」

僕が闘技場の砂場に姿を現すと、歓声が爆発した。

《職業《クラス》》授与式にも使われた巨大な中央闘技場を埋め尽くす人、人、人。

（ここに来るまでのざわめきで察してはいたけど……凄《すご》い人だ……っ）

一か月近く続いた街道復興工事で娯楽が制限されていた反動もあるのだろう。

《無職》が上位貴族に挑んだ決闘の注目度はかなりのものらしく、声援やら罵声《ばせい》やら様々な声が地鳴りのように降ってくる。

さすがに圧倒されるけど——、

「頑張れクロスーっ！」

「絶対負けけんじゃねーぞ！」

僕の入場通路からもっとも近い応援席で声を張り上げる孤児組の姿を見つける。

そこにはむっつりと押し黙ったジゼルもいて、ふっと心が落ち着いた。

（ぱっと見はわからないけど、師匠たちも応援に来てくれてるはず）

支えてくれる人たちの力を借りるように、師匠たちからもらった防具とジゼルに選んでもらった剣に触れる。

そうして闘技場ステージの真ん中に辿《たど》り着いた僕の目の前に立つのは——この大騒ぎの元凶。

ディオスグレイブ派第四位、レベル50の《上級瞬閃剣士》、ギムレット・ウォルドレアだ。

「逃げずにやってきたようだな」

こちらより背の高いギムレットが整った相貌《そうぼう》で僕を見下ろしながら言う。

「ふっ、そう睨《にら》むな。今日は遺恨を忘れて、良い試合にしようではないか」

「……っ」

目を弓なりに細めながら嘯《うそぶ》くギムレット。

何食わぬ顔で握手を求めてくる上位貴族の手を強く握り返しながら、僕は一度落ち着いていた気持ちに再び火が灯《とも》るのを感じていた。

（くだらない理由でジゼルたちを傷つけたくせに、どの口で……っ。勝てる保証はないけど、負けられないし負けたくない！）

改めて闘志を燃やしギムレットと睨み合う。

そんな僕たちを見て会場がさらにヒートアップしていくなか、

『両者入場完了いたしまして、気合いも十分な模様！　ではここで決闘の作法に則りまして、勝敗時の条件を確認しておきましょう！』

司会を務める《音響魔導師》のお姉さんが睨み合う僕とギムレットをさりげなく引き剥《は》がす。

音声増幅スキルの発動した杖《つえ》で快活な声を会場中に響き渡らせ、観衆を沸かせるような口調でまくしたてた。

『事前の通達によりますと、クロス氏が勝った場合はなんと！　不遜にも公爵家嫡男であるギムレット氏の傘下入りを要求！　そしてギムレット氏が勝った場合はクロス氏に文字通りなんでも言うことを聞いてもらうこととなっております！　が、しかし！　決闘の規定では事前に具体的な要求を明示するのが原則であり、立ち会い人である観客の皆様方に知らせておく必要があるとのこと！　というわけでギムレット氏、条件をどうぞ！』

音響魔導師のお姉さんが流れるように杖をギムレットに向ける。

（そういえば僕が負けたときの具体的な条件を聞いてなかったんだっけ……）

ジゼルがすごく心配していたのを思い出す。

相手は海千山千の腹黒貴族。

どんな酷《ひど》い要求をされるかわからないから勝ち目のない決闘なんかするんじゃねえ、と。

（確かになにを命令されるかわからないのは怖いけど……ギムレットの矛先が僕に集中するっていうなら、どんな条件だって受けて立ってやる）

もとから負けること前提で戦うつもりはないけど、負けたときのことを恐れるようなこともしない。そう自分を奮い立たせながらギムレットがなにを要求してくるのか身構えていたのだけど、

『そういえば言い忘れていたな。私が勝ったときの要求を』

杖《つえ》を向けられたギムレットは信じられない条件を口にした。

『そうだな……私が勝てば、クロス・アラカルトには南方の一地方を治めるシルドレ伯爵家の従順な小間使いになってもらおう』

「え……？」

僕は思わず声を漏らしていた。

なぜならギムレットが告げた条件があまりにも軽すぎたから。

平民の僕が公爵家嫡男に傘下入りを求めたのだ。ギムレット本人が言っていたように、本来なら対価として死ぬより重い条件を課せられてもおかしくないというのに。

『え？　ほ、本当にそれでよろしいのですか？』

　会場に満ちるざわめきを代弁するように司会のお姉さんが困惑の声を漏らす。

『随分ゆるいというか、貴族家への丁稚奉公なんて、むしろ安定した就職先を紹介するようなものですが……』

『普通はそうだろうが、クロスは冒険者に強い憧《あこが》れがあると聞く。冒険者の聖地から引き剝《は》がされるのは十分な苦痛だろうし、なにより私も魔族ではないのでね。あまり厳しいペナルティは心が痛む。今回は小間使いで貴族への敬意を学んでくれれば十分だと考えたまでのことだ』

『おーっと!?　これはなんと予想外に慈悲深い答え！　傘下につけと決闘を申し込んできた世間知らずの平民にこの対応は寛大どころの話ではありません！　一時はディオスグレイブ派に勧誘していたというクロス氏への温情でしょうか!?』

　ギムレットの意外な要求にざわめいていた会場を再び賑《にぎ》わせようと煽《あお》る司会の言葉。

　それに触発された客席はギムレットの意外な判断に感心したような歓声で応えるが――、

（どういうつもりだ……!?）

　僕は引き続き困惑のなかにいた。

　ギルドから処罰される危険を負ってまでジゼルたちを傷つけたギムレットが、こんな甘いことを言うわけがないからだ。

　周囲から顰蹙を買うのを避けるために甘い条件にした？　にしては甘すぎるし……。

「くっく、あまりにも軽い条件で拍子抜けか？」

と、戸惑う僕にギムレットが近づいてきた。

そして会場中を埋め尽くす歓声に紛れ込ませるようにして――腹黒貴族はその爆弾発言を口にした。温情にしか見えない条件の裏に隠された最悪の意図を。

「安心しろ。貴様が仕えることになるシルドレ伯爵家というのは、界隈では有名な変態貴族だ」

「…………………………………………へ？」

「当主のシルドレ婦人はそれはもう夜の知的探究心に溢《あふ》れたお方でな。貴様と同い年くらいの少年を囲っては夜な夜な○○で○○○をして○○○○○が○○○！」

「っ!?　っっっ!?」

耳元で囁《ささや》かれる最低最悪の単語の羅列に表情が凍り付く。

そんな僕を見下ろし、ギムレットは嗜虐《しぎゃく》的に口角を釣り上げた。

「くくく、公爵家の恐ろしさをようやく思い知ったようだな。馬鹿な男だ。この私にたてつかなければこんなことにはならなかったものを。男娼も同然の身に堕ちたその夜に後悔するがいい。貴様はこの先一生、若い燕《つばめ》をしゃぶり尽くす変態貴族の慰み者だ」

そうして、ギムレットの慈悲深さに感心するようなざわめきが闘技場を満たすなか。

言いたいことを言い終えたらしいその狡猾《こうかつ》で残虐な貴族は、悪意に満ちた笑みを浮かべながら僕に背を向けた。

決闘開始位置へと歩いて行くその後ろ姿を呆然《ぼうぜん》と眺める僕の脳裏に、いま聞かされた最悪の単語が何度も反響する。

ま、負けたら変態貴族の慰み者？
○○が○○で○○○を毎日……⁉　一生……⁉
「ぜ、絶対に負けられない……っ！」

ジゼルたちの件で落とし前をつけるためなのは当然として……僕がこの先もれっきとした男の子で居続けるために！

突きつけられたあんまりな条件に大量の冷や汗をかきながら、僕は確固たる決意とともに決闘開始位置へつくのだった。

なぜか……もし僕が負けたらとんでもない大惨事が起きるという妙な予感に胸をざわつかせながら。

＊

膨大な観客を収容できる中央闘技場には、ＶＩＰ席と呼ばれる空間がある。

決闘の様子がもっとも観戦しやすく、座席の質からして違う金持ち専用の観戦席だ。

今日の決闘ではこのＶＩＰ席の値段も普段の倍以上に高騰。

ディオスグレイブ派第四位の情報収集を狙う貴族の跡継ぎたちが座席をしめ、決闘の当事者たちが入場するのをいまかいまかと待ちわびていた。

そんな煌《きら》びやかなＶＩＰ席に、ローブで顔を隠した怪しい三人組がいた。

愛弟子《まなでし》の決闘を見届けるために暴力的なまでの財力でＶＩＰ席をもぎ取った世界最強のＳ級冒険者たちだ。

骨付き肉、野菜ジュース、クレープとそれぞれが好物を手にして完全な観戦モードに入っているなか、リオーネがふと思い出したように口にする。

「そういやクロスを勝たせるの前提だったから確認してなかったけどよ。クロスが決闘で負けたときの条件ってどうなってたんだっけか」

「言われてみれば確認し忘れていたな。テロメア、貴様はクロスからなにか聞いているか？」

「ん～、なんでも言うこと聞くって約束したことしか知らないよ～」

「そうか……」

誰も決闘敗北時の条件を確認していなかったようで、いまさらながら少し心配になる。

「けどまあ、これはあくまで公開決闘だしな。貴族の外聞を考えりゃ、死罪とか直接的な命令はねーだろ」

「だな。クロスを勧誘してみせるなどの傾向から考えて派閥の寛大さを喧伝《けんでん》したいという傾向も見受けられる。クロスを改めて傘下につけて酷使する、といったあたりが妥当な線か」

「もしそうならむしろ好都合だよね～。クロス君は実戦で伸びるわけだし～。派閥からの無茶ぶりを軽くこなせるように修行を進めてけば、クロス君を成長させつつ内部から貴族勢力を乗っ取って決闘の負けをうやむやにしたりもできるしね～」

などと、師匠たちがクロス敗北時のことをあれこれと話していたところ――会場が沸き立つ。

決闘の当事者であるクロスたちが入場し、改めて決闘の条件を開示したのだ。

だがその内容に、リオーネたちは大きく首をひねることになる。

ギムレットが示したクロス敗北時の条件があまりにも軽かったからだ。

「あ？　地方貴族への奉公？　なに考えてんだあの貴族」

「不可解だな。自派閥の寛大さを示すために多少条件を軽くするだろうとは考えていたが、ここまで軽いと逆に派閥が舐《な》められそうなものだが……」

「……な～んか臭いなぁ」

三者三様に、上級貴族の要求を真に受けることなく眉をひそめる。

だがその狙いを類推するには材料が足りず、首をひねり続けていたときだった。

――くすくすくす。

周囲の貴族たちから意地の悪い笑い声があがる。

それを察したリオーネたちが気取られないよう耳を澄ましてみれば、

「ははっ、あの《音響魔導師》、ギムレット殿を慈悲深いなどと称するとは。傑作だな」

「ギムレット殿もえげつないな。シルドレ家といえば裏で有名な変態貴族ではないか。あの少年に勝ち目などあるわけもないし、恐らくは一生シルドレ婦人の慰み者だな」

「うわぁ……面白い平民がいると思って応援してたんだけど。いろんな意味でもう終わりね」

ひそひそくすくす。

声を潜めて交わされるのは、悪意と嗜虐《しぎゃく》趣味に彩られた楽しげなお喋《しゃべ》り。

生意気にも急成長を果たし、貴族を下して調子に乗る《無職》の破滅を楽しむ悪趣味な未来予想だ。

「「…………………」」

交わされる貴族たちの会話を、世界最強のＳ級冒険者たちは静かに聞いていた。

あまりにも静かだった。

「……なあ、例えばの話だけどよ」

ふと。それまで黙り込んでいたリオーネが口を開く。

その整った相貌《そうぼう》に浮かぶのは完全な無表情で、声にも抑揚がない。

リオーネは同じように表情を消したリュドミラとリオーネに向け、低い声で続ける。

「例えば、その変態貴族とやらがモンスターの襲撃で領地ごと消し飛んだら、仮にクロスが負けても決闘の結果は無効だよな？　奉公先がなくなんだし」

「そうだな。加えてあのギムレットとかいう貴族が一族まるごと謎の失踪を遂げれば、決闘敗北時の条件を他の内容に変更できる者もいなくなる」

「ふ～ん、そっかぁ。クロス君なら大丈夫だと思うけど、もし万が一負けちゃってもそれなら安心だね～」

うふふ、あはは。

目がまったく笑っていない最強生物たちの乾いた笑い声がＶＩＰ席に小さく響く。

こうして——クロスのまったくあずかり知らぬ所で今回の決闘には大量の人命が賭けられることになるのだった。

2

決闘開始位置について向かい合う僕とギムレットの間で、審判の人たちが致命傷を一度だけ無効化する特殊結界の最終確認を行う。

闘技場を満たす爆発的な歓声は少しずつ落ち着いていき、次第に緊張感が増していった。

『それでは両者、構えて！』

審判の鋭い声が響けば、いよいよ場内は静まりかえる。

「……ふー」

僕は息を整えるようにして、剣の柄に手をかけた。

（変態貴族の慰み者とか、いきなり告げられたとんでもない条件に集中を乱されたけど……どのみちやることは変わらないんだ）

圧倒的な格上に勝つ。

そのためには生半可な覚悟じゃいられない。雑念なんて邪魔なだけだ。

リオーネさんとひたすら繰り返した舞いのような模擬戦と、ダンジョンの奥底でしのぎを削り合った危険度《リスク》5との死闘を思い出す。

目の前の戦いに意識のすべてが集約されていき――僕はショートソードを抜き放った。

「ふっ、格下なりに気合いは十分というわけか」

ギムレットが煌《きら》びやかな細剣を静かに抜く。

洗練された構えと強者の圧倒的な威烈が周囲の音をすべてかき消すかのようで――この場に僕とギムレットしかいないような錯覚に陥るなか、審判がバッと手をあげた。

『互いに準備はいいな？　それでは――試合開始！』

瞬間、極限まで静まりかえっていた闘技場の空気が爆発する。

ド――ッ！　と湧き上がる歓声。震える闘技場。身体《からだ》の内で湧き上がる熱と闘志。

「しっ――！」

様々なものに突き動かされるように、僕は先手必勝とばかりに地面を蹴った。

けど次の瞬間――、

「っ!?」

その異様な光景を前に、僕の足が止まる。

普通なら腰抜けだの拍子抜けだの客席からブーイングが起こるような急停止だ。

けど僕を責めるような声はまったくあがらなかった。なぜなら、

「どうした？　来ないのか？」

ギムレットが構えを解いて棒立ちになっていたからだ。

いや、棒立ちどころじゃない。

剣を指先に引っかけた状態で両手を広げ、まるで攻撃を誘うかのような姿勢を見せていたのだ。

「どういうつもりだ……っ」

「どうもこうも。今日の決闘は一種の興行なのでな」

ギムレットが肩をすくめる。

「こちらから攻めたら一瞬で勝負が決まってしまう。それでは客が納得しないだろう？　ほら、しばらくこうしておいてやるから、好きに仕掛けてくるがいい」

「……っ！」

露骨な挑発。いや、ギムレットにとっては煽《あお》っている自覚さえないのかもしれない。

レベル50の《上級瞬閃剣士》とレベル0の《無職》。

両者にはそれだけ圧倒的な差があるのだから。

けど……だからってこんな真似をされて負けん気を刺激されないわけがない。

それにどのみち、格上に対して受けに回るわけにはいかないのだ。

だったら——、

「むしろ好都合だ！　Ｌｖ12——《身体能力強化》！」

挑発に乗せられるようなかたちで僕は声を張り上げる。

正真正銘の全力で肉薄し、攻撃の瞬間に鍛え上げた強化スキルを発動。

いきなり速度のあがった奇襲攻撃をがら空きの顔面に叩き込む！

「ほう。喧嘩《けんか》祭りの際とは比べものにならん速度だ」

「っ!?」

攻撃がすり抜けた!?

いや、薄皮一枚の距離でギムレットが避けたのだ。

最小限の動きで、完全にこちらの攻撃を見切ったうえで。

「この一か月、よほど訓練に明け暮れたと見える」

剣を構えることすらしない傲慢《ごうまん》な態度で決闘に臨むギムレット。

けれど回避に専念するその瞳《ひとみ》は油断なく僕の剣筋を観察していて。

こちらの実力を冷静に見極める余裕さえ見せながら、ギムレットが挑発的に笑う。

「くっ、このおおおおおっ！　《中級剣戟《けんげき》強化》！」

咆哮《ほうこう》。

さらに近接スキルを発動させ、全力でギムレットに叩き込む。

緩急、フェイント、スキルの切り替え。

様々な手練手管を駆使し、ひたすら剣戟を叩き込む。

しかしそれでも、

「なるほど。やはり貴様は《無職》の平民らしからぬ特別な力をもっているようだ」

僕の剣は、まるでギムレットに届かない。

薄皮一枚の距離が、果てしなく遠い！

「たかだか一か月でこの成長。尋常ではないな。だが」

瞬間、ギムレットの姿がブレる。

「それでも届かないのが、研鑽《けんさん》を積んだ貴族と平民の圧倒的な差というものだ」

「が――っ!?」

目にもとまらぬ速度で蹴りが叩き込まれた。

そう認識したときには僕の身体《からだ》は大きく吹き飛び、ゴミクズように砂の敷かれたステージを跳ねていた。強い。速い。あまりにも。

「おっと、避けるばかりでは観客が飽きるだろうとつい足が出てしまった。すまないな、さあ君の番だ」

いたぶるような笑みを浮かべ、再びギムレットが両手を広げる。

「……っ、近接攻撃が通用しないなら――っ」

蹴り飛ばされたことでギムレットと距離があいた僕は、蹴られた腹を押さえながら掠《かす》れた声を漏らした。紡がれるのは、全力を込めた魔力の律動。

「――逆巻く暴威に手綱を通し　我が砲撃となりて敵を討て――《トリプルウィンドランス》!」

掌《てのひら》から放たれるのは、荒々しく吠える三本の竜巻。

防御に秀でた《撃滅騎士》さえ一撃で沈める風の槍《やり》が、凄《すさ》まじい速度でギムレットに襲いかかった。いくら上級職とはいえ、当たれば大ダメージだ。当たりさえすれば。

「遅い」

当たり前のようにギムレットが攻撃を回避する。

速度上昇系のスキルさえ使わず素のステータスだけで魔法攻撃を避ける近接職なんて、ほとんど悪夢だ。けどそれでいい。最初から当たるなんて思っちゃいない。

「やあああああああっ!」

風魔法を放つと同時に駆け出していた僕は、ウィンドランスが巻き上げた砂埃《すなぼこり》に紛れるかたちでギムレットに肉薄。

側面から最速の一撃を叩き込む！

「良い作戦だな。魔法と近接、どちらのスキルも使える貴様ならではの策というわけだ」

「な――っ！」

けどそれさえ《上級瞬閃剣士》には無意味。

たった一歩で大きく移動したギムレットは、瞬時に砂塵《さじん》から抜け出していたのだ。

当然、僕の剣なんてかすりもしない。

「――っ！　まだだ！　次はもっと砂塵を広範囲に！　我に従え満ち満ちる大――」

「それはもういい。客が飽きる」

「が――はっ!?」

ドゴン！

再び僕の腹に叩き込まれる回避不能の超速攻撃。

魔法を当てるどころか、発動前に速攻で詠唱を潰《つぶ》される。

近距離も遠距離も、攻略の糸口さえ見つからない厳然たる差がそこにはあった。

「さて、これで貴様の手札は大体潰したか？」

ざっ、ざっ。

地べたに這《は》いつくばる僕にギムレットが近づいてくる。

「ああいや、まだあったたな。確か、《クロスカウンター》だったか」

わざとらしく顎《あご》に手を当てたギムレットの顔に、嗜虐《しぎゃく》的な笑みが浮かぶ。

「なるほど、それはこちらから攻撃せねば発動しないスキルだな。……ではそろそろ私からもいかせてもらおうか」

「っ！」

そこではじめてギムレットがまともに剣を握り——そこから先はあまりにも一方的だった。

「——っ！　うわあああああああっ!?」

いたぶるような浅い斬撃《ざんげき》が、容赦のない打撃が、目にもとまらぬ速度で繰り出される。

何発も、何十発も、何百発も！

防具の上から叩き込まれる膝蹴《ひざげ》りは僕の身体《からだ》をくの字に折り、無数の切り傷から流れた血が衣服を赤く染め上げる。

決して僕の意識を刈り取らないよう調整された乱打は、瓦礫《がれき》を含んだ暴風のように途切れることなく僕を痛めつけ続けた。

「お、おい、もう勝負はついてんだろ!?」

「気絶するか降参するまで決闘は終わらねえんだよ！　にしてもこれは……」

「止めんじゃねえ！　こっちはこれを見にきてんだ！　いいぞ、もっとやれ！」

「アレが19歳の戦闘かよ……!?」

「あの《無職》も貴族の中級職パーティを潰《つぶ》したっつー話にふさわしいデタラメなスキル構成

してやがんのに、それをああも一方的に……」

舞い散る血しぶきに、観客席から様々な声があがる。

そんな闘技場の様子を満足げに眺めながら、ギムレットが僕を見下ろした。立っているだけでやっとなほどズタボロになった僕を。

「さて、そろそろ貴族と平民の差は十分に理解できただろう。観客も、貴様自身も」

ディオスグレイブ派の名前に泥を塗った《無職》の粛正。

失墜したディオスグレイブ派の威光回復。

全力の僕を真正面から完膚なきまでに叩き潰すことで目標をほぼ達成つつあるギムレットは、死刑台の首切り役のように一切の容赦なく告げる。

「もう勝負は決まったようなものだが……ただトドメを刺すだけではつまらん。そうだな、貴様にはトドメを刺し続けて、最後まで苦しんでもらうことにしよう」

「――っ!?」

刹那《せつな》。

ギムレットが僕の眼前に突如現れた……そう思ったときには既に、致命的な一撃が僕の身体に叩き込まれていた。

ゴチッ！

肉だけでなく、骨まで破壊されたかのような衝撃と不快な異音。

ギムレットが僕の肩に深く深く剣を突き立て、完全に貫通させていたのだ。

「──っ!?　ああああああああああああっ！」

遅れて脳を貫く灼熱《しやくねつ》の感覚に、僕の口から絶叫が迸《ほとばし》る。

「クロス！」

どこか遠くからジゼルの悲鳴が聞こえたような気がした。

けどそれをかき消すように僕の鼓膜を揺らすのは、ほとんど密着するような距離で僕の身体《からだ》に剣を突き立てるギムレットの哄笑《こうしよう》だ。

「はははははっ！　右腕はもう痛みでまともに動くまい。さあ、次はどこを壊してやろうか」

勝負がほぼ決したいま、あとはもう派閥の名に泥を塗った《無職》をいかにいたぶり破壊し尽くすか趣向を凝らすだけ、と容赦なく悪意を叩きつけてくるギムレット。

そんな上級貴族の高笑いを聞いた僕は、小さく声を漏らした。

「……っと……」

「ん？　なんだ、いまさら泣き言か？」

「やっと──僕を殺《壊》しにきてくれましたね……？」

「っ!?　な、んだ貴様!?　なぜこの状況で──」

途端、勝ち誇るような笑みを浮かべていたギムレットの顔がぎょっとこわばった。

それは恐らく――肩を貫かれて苦痛に顔を歪《ゆが》めていたはずの僕が、いつの間にか満面の笑みを浮かべていたから。

「……っ⁉　イカれたか平民がっ！」

異変を察したギムレットが気色悪いバケモノを見るような目で僕から距離を取ろうとする。

だけど、

「逃がさない」

「なっ……に⁉」

肩を刺されてもうまともに動かないはずの僕の右腕が、ギムレットの服を全力で掴《つか》んでいた。

それは右肩を完全に破壊したと確信していたギムレットの心理的盲点。

畳みかける異常事態に身も心もぎょっと固まる一瞬の隙《すき》。

速度自慢が刹那《せつな》の間だけ露呈した致命的な思考停止状態だ。

瞬間、決闘開始直前に仕込んでおいたスキルが即座に魔力を集約する！

「遅延魔法《マジックストッカー》　解放《リリース》！　中級邪法スキル《スピードアウト・ブレイク》！」

「な――っ⁉」

生まれ持った才能も、積み重ねてきた研鑽《けんさん》も関係ない。

高みに居座る実力者を問答無用で引きずり下ろす怨念《おんねん》のごとき黒霧が、驚愕《きょうがく》に目を見開く上位貴族をゼロ距離で包み込んだ。

3

「な――っ!?」

ギムレットは混乱の極地にあった。

勝負は完全に決していたというのに、不気味な笑みを浮かべるクロス。

肩を破壊されているにもかかわらず渾身《こんしん》の力で摑《つか》んでくる予想外の右手。

百戦錬磨の上級職とはいえ混乱に身体《からだ》をこわばらせるには十分すぎるイレギュラーであり、そこへ詠唱なしで叩き込まれた黒霧はもはや避けられるものではなかった。

深淵のごとき黒霧がギムレットの全身を包み込む。

「く――!?」

畳みかける衝撃に混乱覚めやらぬなか、ギムレットは強引にクロスの右手を振り払って剣を引き抜くと、ほとんど反射的に距離を取る。

黒霧を浴びたのはほんの一瞬。

ダメージらしいダメージもなく、ギムレットはほっと息を吐くのだが――そこではたと気づく。想定よりもクロスから距離を取れていないことに。

自分の周囲を流れる景色が、普段と比べあまりにも遅いことに。

「なんだこれは……!?　身体が重い……!?」

移動速度だけではない。

剣を握る手も、全身の異常を確かめようと走る目線も、すべての動きが重くこわばっていた。

その呪いめいた現象に、心当たりはひとつしかない。

「あの黒霧まさか……速度低下の魔法か!?」

主にモンスターが使ってくる弱体化スキル。

それを対人戦闘の場で食らったという事実にギムレットの混乱はさらに加速する。

（どういうことだ!?　いくら《無職》があらゆる《職業《クラス》》の基礎スキルを習得できるとはいえ、どこでどうやってこんな高威力の弱体化スキルを……!?　いや、それ以前に――）

「なぜこの私が、格下からの魔法攻撃など食らっている!?」

あまりの事態にギムレットが声を漏らす。

クロスが放った黒霧に詠唱の気配はなかった。

無詠唱？

まさか。あり得ない。

無詠唱スキルは最上級職《人外領域》へ至るためのキーとも言われる習得難度Aの超高等スキルだ。いくらクロス・アラカルトの成長速度が著しいはいえ、そう簡単に会得できるものではない。

だとすれば考えられる可能性は――、

「遅延魔法《マジックストッカー》……詠唱完了から魔法発動までの待機時間を延ばせる奇襲スキルか!?」

いやだが、仮にクロスが遅延魔法スキルを使っていたとしてもおかしなことがある。

黒霧発動時、クロスは間違いなく肩を貫かれていたのだ。

激痛で魔法を維持するどころではないはず。それなのに……。

「一体なにがどうなって……なっ!?」

混乱しきった状態でクロスのほうへ目を向けたギムレットは、そこでさらに信じがたいものを見た。

「よし、決まった……っ!」

まるで痛みを感じていないかのように両手で剣を握り戦意をたぎらせるクロス。

そしてその肩を貫通する痛々しい傷跡がぐちゅぐちゅと勝手に回復していく悪夢のような光景だ。

さらには肩の再生に触発されたかのように、クロスの身体《からだ》中に刻まれた斬撃《ざんげき》の跡まで薄く塞《ふさ》がっていく。

それはまるで、人の形をしたモンスター。

あるいは人族にあるまじき回復能力から、最強の対人傭兵《ようへい》種族と謳《うた》われた最上位吸血族《ノーライフキング》のようで――そこでギムレットはクロスが仕込んでいた隠し球の正体にようやく気づく。

速度低下の呪いといい、痛覚を感じていないかのような振る舞いといい、これは、

「まさか、成り手がほとんどいないとされる希少《職業《クラス》》、邪法聖職者のスキルか!?」

叫ぶギムレットを前に――ニィ。

重傷を即座に完治させたクロスが、師匠譲りの好戦的な笑みを浮かべていた。

＊

――吸血族《イモータル》やその上位種族である最上位吸血族《ノーライフキング》は種族特性として回復力に長けてるんだけど、そのおかげで対人戦が得意なんだよね～。普通なら致命傷になる攻撃を食らっても平気で反撃できるから、相手の意表を突きやすいんだ～。

決闘開始直前。

クロスはテロメアの教えを胸に、闘技場の入場通廊で事前に三つのスキルを発動させていた。

「其は黄昏《たそがれ》の怨嗟《えんさ》　地にひれ伏し　地に埋もれ　深淵の絶望に頭《こうべ》を垂れよ――《スピードアウト・ブレイク》封印《ロック》」

ひとつはリュドミラ直伝。

あらかじめ詠唱を完了させておいた魔法スキルの即時発動を可能とする《遅延魔法》。

そして残る二つは、テロメアから授けられた邪法聖職者の秘伝スキルだ。

自らの痛覚を鈍化させ、どれだけ傷つけられても怯《ひる》まず戦える《痛覚軽減Ｌｖ８》

骨折などの重傷を負うことで発動する中級自己治癒スキル《重傷自動回復Ｌｖ８》

長大な詠唱と多大な魔力消費により、ヒューマンの少年を少しの間だけ擬似最上位吸血族《ノーライフキング》と化す凶悪なコンボである。

そのすべてはたった一撃のため。

全力の速度低下スキルをぶちかまし、《上級瞬閃剣士》の反則的な速度を奪うためだけに。

少年が修行期間の半分近くを費やして身に付けた血塗《ちまみ》れの外法だ。

クロスはずっと狙っていた。

ギムレットが致命打を与えに近づいてくるその瞬間を。

痛覚軽減スキルで痛みを誤魔化《ごまか》し嬲《なぶ》られながら、ひたすら機を窺《うかが》っていたのだ。

報復と見せしめのために最初は手を抜くだろうギムレットを全力で攻めたて、隠し球はないと油断させながら。

（問題はギムレットが僕をいたぶる時間が長すぎると、魔法遅延スキルや自動回復スキルの効果が切れちゃうことだったけど――）

そういう意味で、ギムレットがわかりやすく挑発してくれたのはクロスにとって幸運だった。

最初から全力で突っ込むのが不自然でなくなるし、真に迫る敗北を演じることができたから。

その結果、ギムレットはクロスに隠し球はないと早々に判断。

早い段階でクロスをズタボロにし、致命傷を与えにやってきてくれた。

（僕が望んでいた通りに）

そしていま、速度低下のスキルは完璧に決まった。

ステータスの低下に加え、普段の身体能力との〝ズレ〟によって対象の動きを大きく鈍らせる強力な呪いが上位貴族を蝕《むしば》んでいる。

もう痛がる演技は必要ない。

がむしゃらに突っ込む愚者として振る舞う必要もない。

ここからは――


全力を出し尽くし、培ってきた技のすべてをぶつけるだけだ！


「《身体能力強化》！」

「っ!?」

大きく動揺するギムレットに落ち着く暇など与えないとばかりにクロスが吠えた。

全力全開の身体能力強化で、一息にギムレットへ肉薄する。

(渾身《こんしん》の速度低下スキルを直撃させたとはいえ、ギムレットは速度特化の上級職。まだまだ速度は僕より上だ。だからまずは――)

ギムレットが体勢を立て直す前に、可能な限り機動力を削りきる!

「其は悠久の怨嗟《えんさ》　地に落ち　地に沈み――」

再び口ずさむのは格上を引きずり下ろす呪いの唄。

急激に速度が落ちて混乱するギムレットが逃げる間もなく、一気呵成《いっきかせい》に攻めかかる。

詠唱を奏でながら大きく剣を振りかぶり、剣戟《けんげき》と呪い、どちらに対処するか強制の二者択一を突きつける!

「っ!?」

畳みかける異常な展開。思うように動かない身体《からだ》。完全に本性を現したクロスの容赦ない追撃に、ギムレットの表情が焦りと驚愕《きょうがく》に大きく歪《ゆが》む。

だが、

「……っ!」

ギムレットは仮にも19歳で上級職にまで上り詰めた傑物《けつぶつ》。

焦りと動揺で大きく対応が遅れたものの、培ってきた実力は健在だった。

ガギンッ!

「っ！」

《スピードアウト・ブレイク》を食らってなお突出した速度でギムレットが剣を振るう。

瞬間、黒霧の発射口であるクロスの両手が、握っていた剣ごと大きく弾かれた。

と同時にギムレットは足を振り上げ、クロスの胴体目がけて鋭い蹴りを見舞う。

みぞおちに衝撃を叩き込めば、痛覚の有無に関係なく詠唱を中断できるからだ。

しかし――

「それも狙い通りだ！　汎用下級近接スキル――《下段蹴り》！」

「な――っ!?」

それは、速度低下の呪いを警戒するあまりクロスの上半身にしか意識を向けていなかったギムレットの完全なる盲点。二者択一の裏に隠された三つ目の選択肢。

近接最強の龍神族《ドラゴニア》から授けられた、機動力殺しの膝蹴《ひざげ》りだ。

バギィ！

「ぐあっ!?」

ギムレットの蹴りより一手早く繰り出されていたクロスの蹴りが膝に直撃する。

魔力で強化されているとはいえ、あくまで下級スキル。威力はそれほど高くはない。

だが両腕を弾かれた勢いさえ利用して速度の増した蹴りが、体重の乗った軸足に不意打ちで直撃すれば……無視できない痛みでギムレットの表情が歪む。

攻撃はまだ終わらない。畳みかける。

「《下段蹴り》！」

二度目の膝蹴《ひざげ》りがギムレットの軸足を狙った。

「ぐ——っ！」

だが同じ攻撃が二度通じるほど甘くはない。ギムレットは後方へ大きく跳躍して距離を取りながら《下段蹴り》を回避した。

そんなギムレットに、さらなる追撃が襲いかかる。

「——悠久の絶望に頭《こうべ》を垂れよ——」

「っ!? 近接スキルと並行した詠唱継続か……っ！」

カトレアの配下、ダリウスからの報告にあった《無職》の特性。

《下段蹴り》の連打と並行して進んでいた速度低下スキルの詠唱にギムレットは目を見開く。

だが、

「この距離では当たるまい！」

弱体化スキルは基本的に射程が短い。

さらに先ほど見た邪法スキルの間合いから考えて、ギムレットの位置は既に安全圏だ。

——と、安心していたギムレットの視界が突如として黒く染まった。

「中級邪法スキル《スピードアウト・バースト》！」

「は——!?」

《スピードアウト・ブレイク》とは別物!?

驚愕《きょうがく》するギムレットは咄嗟《とっさ》に回避しようとするが——《下段蹴り》を避けるための跳躍で対応が数瞬遅れる。そしてその数瞬のうちにギムレットを包み込むのは薄い黒霧。

それは《スピードアウト・ブレイク》と同時に《スピードアウト》から派生した二つ目の中級邪法スキル。威力と引き換えに射程を得た速度低下の呪いだった。

「な、が、貴様……!?　この短期間にいったいどれだけのスキルを——!?」

ギムレットが焦燥と驚愕の入り交じった声を漏らすが、そんなものに応じる者はいない。

先ほどよりもさらに速度の落ちたギムレットへ、問答無用でクロスが突っ込む。

「やあああああっ！」

「ぐっ、《緊急離脱》！《俊敏強化》！」

そこでようやくスキルを発動させたギムレットは攻撃を回避。

とにかくクロスから距離を置いて息を整えようと全力で下がる。

だが、

「纏《まと》え羽衣　かいなの空隙《くうげき》　舞い散る花弁をさらうがごとく　比翼の鳥を語るがごとく　流れ消え去る明朝の運び屋——《風雅跳躍》！」

攻撃魔法よりずっと短い詠唱が紡がれる。

風を纏《まと》った少年が闘技場を全力で駆け抜けた。

そして、追いつく。

《身体能力強化【中】》と《風雅跳躍》の同時発動で追いつけるほどに機動力の落ちた《上級瞬閃剣士》へ、全力の剣戟《けんげき》を叩き込んだ。

「シッ！」

ガギイイイイイッ！

「っ!?　ぐっ!?」

たまらず防御にまわったギムレットの剣とクロスの剣がぶつかり合う。

交差する剣を間に挟み、クロスが吠えた。

「あなたは確かに僕よりもずっと速くて強い。正攻法じゃ絶対に敵わない……っ！」

引きずり下ろした格上を至近距離から睨《にら》みつけ、強い瞳《ひとみ》で断言する。

「けど、これで互角だ！」

「……っ！　舐《な》めた口をきくなよ平民がぁ！」

瞬間、クロスの豹変《ひょうへん》と猛攻に翻弄《ほんろう》されるばかりだったギムレットが怒りを爆発させるようにクロスの剣を押し返した。

焦燥に汗を流し、混乱に足をふらつかせ、公衆の面前でいいようにされた屈辱で普段の力をまるで発揮できない最悪の状況。だがクロスに追いつかれたという現実が、ギムレットの心に火をつけていた。

余裕を失った上位貴族の顔に滲《にじ》むのは、確かな才と努力に裏打ちされた純然たるプライドだ。

「なにが互角だ……っ！　速度を落とした程度で思い上がるな！　レベルにかまけた者に強者たる資格などない！　実力の近しい相手や格上さえ下せる研鑽《けんさん》を重ねてきたからこそ、高みへと上り詰めることができるのだ！　この私のように！」

「っ！」

ガギイイイイイッ！

叩きつけられた強烈な剣戟に、クロスが師匠譲りの獰猛《どうもう》な笑みを浮かべる。

ここからが本当の勝負――っ！

あり得ない展開を前にどよめく観客席の声など、二人の耳にはとうに聞こえていない。

因縁も報復も、敵討ちさえ超えて。

剝《む》き出しの研鑽と激情がぶつかりあい、決闘の真の開始を知らせるかのように闘技場を激しく揺らした。

4

「「おおおおおおおおおおおおおっ！」」

雄叫《おたけ》びと剣戟《けんげき》が闘技場の中心で激突する。

意地、プライド、負けられない理由。

貴賤《きせん》を超えた激情が剣を通じてぶつかり合い、激しい火花を散らしていた。

その攻防はほぼ互角。

つい先ほどまで圧倒的な実力差を見せていたギムレットにとって、圧勝して当然の相手にここまで肉薄された焦りとプレッシャーは相当なものだろう。

ゆえに、

（攻め続ける！）

先ほどまでと同様、クロスは容赦なく攻撃を叩き込んだ。

格上の剣士が身体的にも心理的にも弱体化しているいまこの瞬間にさらなる追撃を重ねようと全力で踏み込んでいく。

だが、

「調子に乗るなと言ったはずだぞ平民が！」

若くして上級職まで上り詰めた上位貴族はここにきて冷静さを取り戻しはじめていた。

「弱体化スキルは確かに強力だが、下げられる割合には限りがある！　そして私にはこれまで培ってきたスキルがあるのだ！　負けることなど万に一つもあり得ん！」

自らに言い聞かせるようにギムレットが猛《たけ》る。

しかしそれは決して強がりなどではなかった。

クロスが新たなスキルを発動する前に、ギムレットの身体《からだ》に魔力が迸《ほとばし》る。

「瞬閃スキル――《俊敏強化》！　《剛・剣速強化》！」

「っ!?」

繰り出されるのは速度強化スキルの重ねがけ。

上級職にあがって間もないギムレットの繰り出すスキルは中級クラスのものも多いが、その熟練度は最高に近い。

大きく低下したはずの速度が一時的に上昇し、凄《すさ》まじい手数となってクロスを襲った。

「ぐっ――《緊急回避》！」

「甘い！　《剛・踏み込み強化》！」

たまらず回避スキルで避けるクロスだったが、そこへさらなるスキルが叩き込まれる。

瞬間的に踏み込みを強化し肉薄する瞬発力強化の瞬閃スキルだ。

続けて発動するのは――ギムレットを《上級瞬閃剣士》たらしめた絶技。

危険度《リスク》5さえ瞬殺してのけた強力な連撃スキルだった。

「上級瞬閃スキル――《一迅百手》！」

「ぐっ⁉　あああああああああっ！」

まるでギムレットの腕が十本にも二十本にも増えたかのような斬撃《ざんげき》の嵐に、クロスの口から悲鳴が迸《ほとばし》る。

無数の剣戟《けんげき》が全身を切り刻み、再び闘技場に大量の血しぶきが舞う。

だが、

（リオーネさんがスキルなしで再現してくれた超速《一陣百手》に比べれば……っ、どうにか一部はしのげてる！）

クロスは最初からすべての斬撃を防御しようなどとは考えていなかった。

急所だけを重点的に守り、残る斬撃はやむなく受け入れる。

もし痛覚が通常通りなら、切り刻まれた傷の痛みで動きが遅れ、あっという間に勝負がついていただろう。しかしいまのクロスには《痛覚軽減》が発動している。

無茶な防御も捨て身のような作戦も、いまだけはクロスに許される。

（ギムレットの素の速度が落ちてるおかげで、一発一発の威力も落ちてる。これなら――）

攻撃を見極めて反撃を狙うことも可能！

クロスは精神を研ぎ澄ませる。無数の連撃のなかからギムレットが重点的に狙う部位を見極め、次の一撃を予測する。

そして狙い通りの斬撃が凄《すさ》まじい速度で迫った瞬間、切り札を発動した。

「《中級クロスカウン――》」

「《カウンター返し》！」

「な――っ!?　ぐあああああああああああっ!?」

瞬間、信じがたい衝撃がクロスを襲った。

斬撃を紙一重で躱《かわ》して必殺の一撃を叩き込んだはずなのに――さらにその攻撃を躱したギムレットの回転蹴りが横腹を蹴り抜いていたのだ。

それはクロスの《クロスカウンター》よりも数段洗練されたカウンター。

骨が砕け、内臓が破壊されたような不快感とともにクロスが地面を転がる。

「《クロスカウンター》が貴様の得意技だったな？」

「うっ、ぐっ」

「だがカウンターは別名《貴族の特殊スキル《エクストラ》》。貴様の専売特許などではない」

「ぐうううっ！」

迫るギムレットから逃げるように、クロスが傷を無視して立ち上がる。

その腹部で魔力が弾け、体中の斬撃ごと自動的に傷を癒やしていった。

「チッ、本来なら《聖職者《プリースト》》本人にしか発動しない自動回復スキルを近接戦闘者が使うとこうも厄介か。まさに疑似最上位吸血族《ノーライフキング》だな。だが――」

ギムレットの握る細剣が銀色の残像を中空に描く。

「魔力の消費は甚大。ならば魔力が尽きるまで何度でも切り刻むだけだ！」

「う、ああああああああっ!?」

そして再びクロスを襲うのは無数の剣戟《けんげき》。

《中級クロスカウンター》さえ攻略されて反撃の目をなくしたクロスはされるがままに血を流す。

その心に、絶望と焦燥が駆け巡った。

（強い……っ！　あれだけ速度を落としてなお、こんなに差があるのか……っ!?）

痛感するのは、わずか19歳で上級職にまで上り詰めた上位貴族の地力。

邪法を使って策を練り、決闘という枠の中で相手をハメてなお届かない高みへの畏《おそ》れ。

あまりの実力差に心が折れそうになる。

いくら《重傷自動回復》があるとはいえ、なくした血液まですぐには戻らない。魔力の消費も激しく、このままではギムレットの狙い通りジリ貧だろう。

勝負は見えている。

現実的なもう一人の自分が、勝てるわけないと泣き叫ぶ。

あらゆる攻め手を潰《つぶ》され、見せつけられるのは圧倒的な積み重ねの差。

勝てるわけがない。越せるわけがないと本能が悲鳴をあげる。

相手はレベル50の《上級瞬閃剣士》なのだから。

最高の才能と育成環境に恵まれ、物心ついたときから技を磨いてきた猛者なのだから。

自分よりもずっと先を行く実力者なのだから。

負けて当然、なのだから。


でも……だからこそ……っ！

「いまこの瞬間が、これ以上ない修行になるんだああああああっ！」


「っ⁉」

出会った頃、リオーネさんは言った。

壁を越えるため、修羅場に挑む必要があるのは確かだと。

テロメアさんが同意した。

甘い修行は、修羅場を乗り越える地力を蓄えるためにあるのだと。

だったらいまが！　師匠たちの与えてくれた修行に応えるときだ！

「《身体能力強化》！　《身体硬化》！　《剣戟強化》！　《中級クロスカウンター》！」

「っ⁉　《カウンター返し》！」

いきなりがむしゃらな突撃を敢行したクロスに面食らいながら、しかしギムレットは的確に反撃。鋭い一撃がクロスの腹部にめり込んだ。

先ほどと同じようにクロスは地面に転がる。

「まだだっ！　《中級クロスカウンター》！　ぐっ!?」

何度も同じことを繰り返し、何度もギムレットに反撃を食らう。

「いよいよヤケになったか！　それともまた策で私を嵌《は》めるつもりか!?」

そんなクロスを見て、ギムレットが嘲《あざけ》るように嗤《わら》った。

だが無数の攻撃に晒《さら》される少年の視線は――痛みによって集中を乱されないその瞳《ひとみ》は、洗練された貴族の技を静かに捉え続けていた。少年よりも遥《はる》か先を行く猛者の技術を。

（ああ、そうやって身体《からだ》を動かすんだ……魔力を、流すんだ……）

極限まで研ぎ澄まされた集中が、リオーネのそれとは違う技術体系を脳裏に焼き付ける。

一見して無茶苦茶に繰り出されるスキルは、死闘の中で精度を増していく。

《無職》と嘲られた少年の体内で、膨大な魔力が渦巻き洗練されていく。

「しん、たい能力強化……っ！　中級……クロスカウンターっ！」

「な、んだ――!?」

強力なスキルによってクロスを圧倒していたギムレットの表情が少しずつ、少しずつ歪《ゆが》んでいく。

その原因は、クロスと剣を交わすごとに増していく痛烈な違和感だった。

絶対にあり得ない違和感。

あってはならない違和感。

だがこれは――

「スキルのＬｖが、上がっている……!?」

あり得ない。そんなことがあるはずがない。

必死に否定するが――剣戟《けんげき》をぶつけあうたびに、クロスの力が増していく。

攻撃を受けたクロスが反撃に転じるまでの間隔が短くなっていく。

《中級クロスカウンター》へ《カウンター返し》を決めるのが難しくなっていく。

まるでギムレットのカウンター技術をいまこの瞬間盗み取っているかのように。

一瞬ごとに。一撃ごとに。

違和感は大きくなっていくばかりで欠片《かけら》も払拭されることはない。

おかしいのはそれだけではなかった。

何度重傷を与えても立ち上がりスキルを乱発する少年にギムレットは叫ぶ。

「貴様……なぜ倒れない!?　なぜ魔力が尽きない!?」

どう考えてもおかしい。

クロスはギムレットと渡り合うため、全力でスキルを連発し続けている。

しかもそれは、多大な魔力消費を伴う自動回復スキルで繰り返し重傷を回復しながらだ。

普通ならとっくに魔力が尽きているはず。

もともとそう長くない効果時間の限界を迎える前に、自動回復スキルは停止しているはず。

それなのに――、

「魔力が……尽きる気配がない⁉」

まるで本物の最上位吸血族《ノーライフキング》のように、死の恐怖さえ超えてトライ&エラーを繰り返してくる怪物。執念の魔物が一歩ずつ高みへ近づいてくる悪寒がギムレットを襲う。

「うおおおおおおおおおおっ！」

世界最強の師匠たちの手で反則的な魔力増強育成を受け続けた《無職》が吠える。

何度切り刻まれようが、怯《ひる》むことなく突き進む。

「なんだ……⁉　なんなんだ貴様は⁉」

その瞬間ギムレットは確かに、目の前の格下に気圧《けお》されていた。

ドゴン！

無数の斬撃《ざんげき》の最後に、ギムレットはクロスへ全力の蹴りを叩き込む。

それはギムレット自身、ほとんど意図していなかった行動。

得体の知れない平民から距離を取りたいという無意識が生み出した連撃のほつれだ。

（――いまだ！）

そして巡ってきた千載一遇のチャンスを、クロスは見逃さなかった。

「纏《まと》え羽衣　かいなの空隙《くうげき》　舞い散る花弁をさらうがごとく　比翼の鳥を語るがごとく　流れ消え去る明朝の運び屋──《風雅跳躍》！」

大きく蹴り飛ばされた反動を利用して一気にギムレットから距離をとりつつ、奏でるのは短い詠唱。クロスの周囲を風が逆巻き、後押しされた身体《からだ》はさらにギムレットから離れていく。

「この期に及んでなにをするつもりだ!?　──ぐっ!?」

クロスの動きに嫌なものを感じたギムレットが全力で追いすがるが──一歩届かない。

膝《ひざ》に小さな痛みが走り、風で加速したクロスを紙一重で取り逃がす。

そしてクロスは──跳躍した。

いくら速かろうと、近接職には決して届かない風の世界。高き空へと。

「我に従え満ち満ちる大気　手中に納めし槍撃　その名は暴竜──」

邪魔者のいない中空で紡がれるのは、風の旋律。

格上との高速戦闘では詠唱などとても不可能な、攻撃魔法の長大な呪文だ。

《風雅跳躍》はあくまで跳躍。空中にいられる時間はそう長くないが──放物線を描いてギムレットから距離を取れば、時間稼ぎはギリギリ成立。

着地後、ギムレットに追いつかれる前に詠唱が完成する。

「──《トリプルウィンドランス》！」

風の竜巻が絡み合い、ギムレット目がけて殺到した。だが、

「バカが！　私の速度が落ちたいまなら当たるとでも思ったか⁉　《緊急離脱》！」

スキルを発動したギムレットは風の砲撃を難なく避ける。

そのままクロスに迫るが――その視界が茶色く濁った。

「くっ⁉」

ギムレットではなく、最初から地面を目がけて放たれていた《ウィンドランス》が、先ほどとは比べものにならない量の砂塵《さじん》を巻き上げたのだ。

視界が大きく制限される。

たまらずギムレットは砂塵から逃れようとするのだが、

「其は黄昏《たそがれ》の木枯らし　一切の空なるものを摑《つか》み我が邪道に頭《こうべ》を垂れよ――」

速度低下の影響で一息に砂塵を抜けられないギムレットの耳に、不穏な旋律が響いた。

「まさか――新たな邪法スキルか⁉」

格下の平民にここまで苦戦する原因となった最悪のスキル。

弱体化魔法に類する詠唱文と魔力の気配にギムレットの全身が総毛立った。

強引に魔法を撃ってまで目くらましをしたのはコレが狙いか！

気づいたギムレットの視界に影が揺らぐ。

「食らえ！」

砂塵《さじん》によってギリギリまで姿を見せずに接近したクロスが掌《てのひら》をギムレットに向けていた。

だが、

「やらせるものかあああああっ！」

全身全霊をもって迎撃にあたったギムレットの蹴りが紙一重でクロスの手をとらえる。

「あっ⁉」

あらぬ方向へ逸れた掌から黒い霧が溢《あふ》れ、クロスの顔が悲痛に歪《ゆが》んだ。

「残念だったな！　平民の浅知恵など私には通じん！」

殺《と》った！

本当にギリギリのところでクロスの奇襲を潰《つぶ》したギムレットは冷や汗を流しながらも、勝利を確信して口角をつり上げる。

自動回復が発動しようが関係ない。

防具にも守られていない急所——みぞおちを貫き一撃で終わらせる。

半ば体勢が崩れてはいたが、切り札が空撃ちに終わり致命的な隙《すき》を晒《さら》したクロスへのトドメを優先して襲いかかった。

こいつがこれ以上なにかしでかす前に！

が、そのとき。

「……!?」

ギムレットの目におかしなものが映った。

クロスの掌からあらぬ方向へ放たれたはずの黒霧が凝縮し——彼の剣にまとわりついたのだ。

さらにクロスは手を弾かれた直後とは思えないほど重心が安定しており——流れるように身を翻す。

その目に宿るのは、悲痛さなど欠片《かけら》もない必殺の意思。

その手に握るのは、不気味な黒霧に包まれたショートソード。

ギムレットの攻撃を紙一重で躱《かわ》し迫るその体勢は、まごうことなきカウンターの構えだ。

「な、んだそのスキルは!?」

先ほどの詠唱は邪法スキルのものではなかったのか!?

だとすればこれはまさか、詠唱を伴うカウンターだとでも!?

聞いたこともない未知のスキルにギムレットの混乱は加速する。

「だが、カウンターだというなら……っ!」

対処は可能!

クロスの攻撃にあわせ、ギムレットは反射的に《カウンター返し》の体勢へ移行する。

が、しかし。

《カウンター返し》はあくまで、敵のカウンターよりも上手《うわて》だった場合にのみ発動できる高難度スキルだ。

平常心を失ったうえに満足な体勢でもないのなら、その成功率は格段に落ちる。

ましてや相手の熟練度が先ほどまでと別次元にあるというのなら――、

「なっ⁉　馬鹿な⁉」

ギムレットの凶刃がクロスの顔面を狙うが――当たらない。

剣先が頬《ほお》をかすめ血が噴き出してもクロスは微塵も怯《ひる》まない。

「あああああああああああああっ！」

《カウンター返し《ギムレット》》を超え、少年の足が大きく一歩踏み込んだ。

そこはもはや、スキルによる回避も防御も不可能な絶対距離。

格上との死闘《修行》の果てにクロスが辿《たど》り着いた、高みへの入り口だ。

瞬間、ショートソードにまとわりついていた黒霧が凝縮し、ギムレットの胴へ黒点を描く。

刻印されたその印を目がけ、クロスの剣が空を切った。

「不在《エラー》スキル――」

「馬鹿な……馬鹿な馬鹿な馬鹿な！」

回避不能の軌道を描く目の前の一撃に、ギムレットが現実を否定するように叫ぶ。

「《無職》の平民がこの私を下すなど、そんなことがあっていいと思って――」

「イージスショットおおおおおおおおおおお！」

「がっ!?　あああああああああああっ!?」

一切の容赦なく叩き込まれるのは、剣の柄による強烈な一撃。

凝縮された防御低下の黒霧によって強制的に作り出された弱点へと放たれる、一撃必殺のカウンターだ。

それは防御特化の危険度《リスク》4さえたやすく沈める反則的な一撃。

たとえ上級職とはいえ、防御性能に欠ける《上級瞬閃剣士》が耐えられるものではない。

バキベキゴキボキグシャアアッ！

大量の骨と内臓が粉砕される異音とともに、ギムレットの身体《からだ》が大きく吹き飛んだ。

ドシャッ、と肉塊が地面に落ちるような音を最後に、闘技場からあらゆる音が掻《か》き消える。

そうして、長い静寂の果てにようやく砂塵《さじん》が晴れた頃――、

「これが、ジゼルたちのぶんだ……っ！」

生命維持の結界が発動したあとの闘技場に立っていたのは、剣を振り抜いたままの状態で固まるボロボロの少年ただ一人だった。

『――しょ、勝負あり！　勝者は……信じられません、クロス・アラカルトです！』

自動回復スキルの効果も切れて限界を迎えた僕がその場にしゃがみこむとほぼ同時、驚愕《きょうがく》に声を震わせる司会のお姉さんの声が響いた。

5

瞬間――ドオオオオオオオオオオオオオオオオオオオオオオオオオオッ！

決闘開始時とは比べものにならない轟音《ごうおん》が闘技場全体を揺らす。

観客の人たちが興奮に足を踏みならしながら大歓声をあげているのだ。

「あ……そっか……闘技場で戦ってたんだっけ……」

戦いの途中から完全に周りが見えなくなっていた僕はようやく周囲の状況を思い出す。

そうして鼓膜が破れそうな大音声が轟《とどろ》くなか、

「「「「うわあああああああっ！　クロスうううううううっ！」」」」

一際大きな歓声が他の歓声を突き破って僕の耳に届いた。

というか、すぐ近くから聞こえてくる？

声がしたほうを振り返れば――孤児組のみんなが客席から飛び降りてこちらに突っ走ってきていた。ええ!?

「クロスお前マジで上位貴族に勝ちやがって！　意味がわからん！」

「なんなんだよお前ほんと！　なんだよあのスキル!?」

「もう怖いよ！　怖すぎてもうクロス〝さん〟だよ！」

「これで上位貴族が傘下になるんだから、むしろもうクロス〝様〟だろ！」

「わっ、ちょっ、みんな!?」

孤児組のみんなが口々に言いつつ、僕の肩を叩いたり頭をもみくちゃにしたりタックルをかましてきたりと好き放題。決闘の結果によほど興奮したのか、無茶苦茶な笑顔で無茶苦茶に絡んでくる。

と、そんな僕らから少し離れた位置に一人で佇《たたず》む影があった。

「……」

ジゼルだ。

勢いのまま客席から飛び出してきたはいいものの、どうしていいかわからないとでも言うように立ち尽くしている。その目はなんだか赤く腫れていて、

「ジゼル……もしかして泣いてた……？」

「バッ……！　泣くわけねえだろクソボケが！」

死闘の直後で朦朧《もうろう》としていた僕が思わずそう口にすると、ジゼルが火を噴いたように怒鳴りだす。

「大体てめえは私の忠告も聞かねえで好き勝手やりやがって！　一か月も姿見せねえわ、心臓に悪い戦い方しやがるわ、私がどんだけ心配したと――いや、ちがっ、ああくそっバカ野郎！　勝つならもっと綺麗《きれい》に勝ちやがれ！」

なんだかいろいろと心配をかけてしまったらしく、ジゼルが他の孤児組に「どーどーっ！」「落ち着け！」と止められながら喚《わめ》き散らす。

な、なんだか余計なことを言っちゃったかなと戦《おのの》きつつ、けどこれだけは伝えとかないと、と僕は続けて口を開いた。

「心配かけてごめん。けど……ジゼルたちのぶん、一発叩き込んでやったよ」

「……おう」

僕の突き出した拳《こぶし》をしばらく見つめたあと、ジゼルがおずおずと拳をぶつける。

そこでようやく、僕は勝利を実感するのだった。

僕の勝利を喜んでくれたのはジゼルたちだけじゃない。

決闘終了後、すぐに治療が必要ということで医務室に担ぎ込まれた僕を待っていたのは、ギルドのヒーラーではなく師匠たちだったのだ。

「おうクロス！　よくやったな！　これで私らも手ぇ汚さねえで済んだぜ！」

「うむ。重畳だ。私たちの教えたスキルを上手く組み合わせ、実力以上のものを発揮していた。大金星だな」

「最高の決闘だったよ～。わたしの教えが大活躍っ。無駄に犠牲を出さずに済んだし、今日はお祝いだね～」

「わあああああっ⁉　ちょっ、みなさん⁉」

僕の治療をしながら思いっきり抱きついてくるテロメアさん。

それを引き剝《は》がすリオーネさん。

その隙《すき》に（？）僕の頭を優しく撫《な》でてくれるリュドミラさん。

僕をここまで導いてくれた世界最強の師匠たちはいつものように僕を赤面させつつ、決闘の結果を自分のことのように喜んでくれた。

手を汚すとか犠牲がどうとか不穏な言葉が聞こえた気もするけど……きっと気のせいだろう。

そんなことより、真っ先に伝えないといけないことがある。

「みなさん、今回も本当にありがとうございました」

師匠たちが少し落ち着いたのを見て僕は頭を下げる。

「迂闊《うかつ》に決闘を挑んだ僕のワガママに付き合ってくれて。テロメアさんたちには感謝してもしきれません」

《無職》の僕を拾ってくれたことに始まり、師匠たちにはもらってばかりだ。

だから僕は決闘に勝利した高揚のまま、満面の笑みで迷いなく断言した。

「いまの僕じゃあろくなお返しができませんけど……できることがあればなんでもしますから、そのときは遠慮なく言ってくださいね！」


「「「なんでも……？」」」


その瞬間。

なぜかリオーネさんたちの目の色が変わった。

かと思えば、

「じゃ、じゃあわたしは……いよいよクロス君と一緒にお風呂に入っちゃおっかなぁ。そこでなにがあっても事故だよねぇ……♥」

「おいリュドミラ！　いますぐテロメアのバカを樹海の地下に埋めて封印すっぞ！　クロスから言質とってなにしやがるかわからねえ！」

「了解だ。二人がかりなら確実に潰《つぶ》せるだろう。……そしてテロメアとの戦いで疲弊したリオーネを後ろから撃てば、どうにかクロスと添い寝する時間も確保できるな……」

「なんか信用できねえなこのクソエルフ!?　ああもういい！　こうなったらしばらくあたしが

クロスを付きっきりで守護《まも》って——」

「ちょ、ちょっと!?　どうしたんですか皆さん急に!?」

息を荒らげるテロメアさん、いきなり戦闘態勢に入るリオーネさん、一見無表情ながら耳の先を赤くするリュドミラさん。

僕が感謝の意を伝えた途端、なぜか豹変《ひょうへん》して三つ巴の睨《にら》み合いに移行した師匠たちに面食らう。

そんな急展開に困惑したものの……決闘に勝てたからこそ無事に戻ってこれた居場所の暖かさに、僕は改めて安堵《あんど》するのだった。


こうして。

勝てるはずもなかった上位貴族との決闘は師匠たちのおかげでどうにか勝利することができたのだけど——。

このとき、勝利に浮かれる僕はまだ知らなかった。

必死になって掴《つか》み取ったこの勝利が、あんな出来事を巻き起こすなんて。

＊

「あり得ん、あり得ん、あり得ん……っ！　なんだこれは……!?　どうなっている……!?」

《無職》の平民が前代未聞の下克上を果たした夜。

人の気配の消えた薄暗い屋敷の一室で、壊れたように同じ言葉を繰り返す人影があった。

屋敷の主、ギムレット・ウォルドレアだ。

生命維持結界の効果と優秀なヒーラーの治療によって傷はすっかり癒えている。

だがその容姿は今朝までとはすっかり変わってしまっていた。

「どうしてこんなことに……!?　どうしてこんなことに……!?」

乱れた頭髪、噛《か》みすぎてガタガタになった爪、しわくちゃの服。

自信と余裕に溢《あふ》れた上位貴族の面影は欠片《かけら》も残っておらず、血走ったその瞳《ひとみ》からはほとんど正気が失われていた。

だがそれも無理はない。

すべての謀略をひっくり返され、大観衆の前で《無職》の平民に敗れた屈辱。

それに伴い平民の配下に堕ちたという事実は、生まれながらの勝者としてほとんど挫折《ざせつ》することなく生きてきたギムレットにとって精神の均衡を崩すのに十分すぎる劇薬だった。

「ギ、ギムレット様……」

唯一残った側近の女性、黒髪の《中級盗賊《シーフ》》も主にかける言葉を持たずに立ち尽くす。

ディオスグレイブ派の貴族たちからも侮蔑や哀れみとともに放逐され、もはやギムレットのプライドは修復不能なほどズタズタになっていた。

まともな判断能力さえ失うほどに。

「ふざけるな……ふざけるなふざけるなふざけるなぁ……っ！　クロス・アラカルトっ！

こうなれば最後に、目に物を見せてくれる……っ！」

プツンッ。

追い詰められたギムレットの中でなにかが決壊したような音が弾けた。

直後、正気を失った瞳でギムレットが叫ぶ。

「ヤツらを……《上級暗殺者《アサシン》》部隊を呼べ！」

「は……？」

ギムレットの命令に、黒髪の女性が啞然《あぜん》としたように声を漏らす。

だがギムレットはお構いなしに喚《わめ》き散らした。

「私からすべてを奪ったあの平民が二度と冒険者など名乗れないよう、ヤツを拾い育てたという上級冒険者パーティごと再起不能にしてくれる……っ！」

「お、お待ちくださいギムレット様！」

黒髪の側近が慌てたように叫んだ。

「アサシン部隊はあくまで我が国の貴族を狙う暗殺者《アサシン》が現れた際、同種のスキルで対抗するためのボディーガード。生家の金で雇った上位者を身辺警護以外の目的で運用するのはこの街における勢力争いのタブーです。ましてや明確な殺傷目的で使うなど、粛正どころでは――」

「だからどうしたぁ！」

側近の忠告をギムレットが血走った目で叩き潰《つぶ》す。

「粛正？　投獄？　いまさらそんなものがなんだというんだ!?　私はもう終わりだ……貴族としても、ウォルドレア家の跡継ぎとしても……！　平民の傘下、それも《無職》の傘下だぞ!?　これ以上の破滅などあるものか！」

そしてギムレットは側近にも背を向け、壊れたように叫ぶ。

「暗殺部隊は金さえ積めばどんな汚れ仕事も引き受ける連中だ。私が自由に使える金のすべてを注ぎこんでやる！　ははっ、はははははっ！　破滅するなら《無職》も道連れだ！」

「……っ。かしこまりました……」

これは、もうなにを言っても無駄だ。

主の精神を保つには誰かが手を汚すしかない。

そう悟った黒髪の側近は機械的に頷《うなず》き、粛々と闇《やみ》の中へ消えていった。

6

「は～。まさか冒険者の聖地での最後の仕事が、癇癪《かんしゃく》起こしたぼっちゃんの尻拭《しりぬぐ》いとはねぇ。

そのうえ決闘の結果も無視した筋の通らん汚れ仕事ときたもんだ」

深夜。

誰もが寝静まった夜の闇に、音もなく蠢《うごめ》く集団があった。

公爵家の身辺警護に雇われるほどの腕利き《暗殺者《アサシン》》の一団である。

十数人の《上級暗殺者《アサシン》》で構成される暗殺部隊を率いるのは、40代ほどの男性ヒューマンだ。

「まぁ、前金と成功報酬あわせて数年は遊んで暮らせるほどの金を積まれたんだ。仕事を終えたらすぐにとんずらこけばいいいし、ターゲットは上級職パーティ。美味《うま》い仕事だな」

「ターゲットの拠点はこちらです。急ぎましょう」

そうして彼らはギムレット直属の配下である黒髪の《中級盗賊《シーフ》》を道案内に加え、目的の建物に辿《たど》り着いた。

木造三階建て。中堅パーティがよく購入するタイプの冒険者拠点だ。

クロス・アラカルトと、彼を養護する冒険者パーティの住処である。

スキル対策もされていない安物の鍵を音もなく解錠し、暗殺者《アサシン》たちが一斉に建物の中に雪崩《なだ》れ込む。だが――

「なんだ……？　なぜ誰もいない……っ」

暗殺者《アサシン》たちの間に動揺が広がった。

なぜなら建物内はもぬけの殻。人が生活している気配すらなかったのだ。

案内役の《中級盗賊《シーフ》》が建物を間違えたかと疑われるが……入り口の郵便受けには確かにクロス・アラカルトの名前が小さく刻まれていた。

彼を庇護《ひご》する冒険者パーティの名前がないのは不自然だったが、とにかくここで間違いないはずなのだ。

と、暗殺者《アサシン》たちが困惑しながら室内を探索していたとき。

「むっ？」

暗殺部隊のリーダーが足下に違和感を覚える。

罠《わな》感知のスキルと夜目強化のスキルをさらに強めてみたところ、リーダーは目を丸くした。

「これは……地下通路……？」

床板をめくったその下に出現したのは、怪しげな隠し通路。

しかもそれは明らかに人が頻繁に出入りしている形跡があった。意味がわからないが、ターゲットがこの先にいる可能性は極めて高い。

なぜか嫌な予感がしたものの、彼らはプロ意識にのっとって先へ進む。

念のために罠感知スキルも発動しそれなりの距離を行くと再び無事に地上へと出ることができたのだが……そこで彼らはいよいよ言葉をなくした。

「な、なんだここは……!?　屋敷!?」

それもただの屋敷ではない。

闇夜《やみよ》に浮かぶその大豪邸は、雇い主である公爵家嫡男、ギムレットの屋敷と同じかそれ以上の規模だったのだ。どう考えてもただの中堅冒険者パーティの持ち物ではない。

まさか《無職》を拾ったのは身分を隠した貴族か豪商の類いなのか。と戸惑いつつ、しかしリーダーはプロとしてすぐに平静さを取り戻した。暗殺には不測の事態などつきものだからだ。

「どういうことかわからんが……とにかくここにターゲットがいることは間違いないな」

広い屋敷を前にして《上級暗殺者《アサシン》》の強力な探知スキルを使えば、浮かび上がる気配は４つ。

ひとつは信じられないほど弱々しい子供の気配。

そして残りは上級職らしき強さの気配が３つだ。

屋敷の規模には面食らったが、ターゲットの情報は事前に聞いていた通り。仕事に支障が出るようなものではなさそうだ。仕事は一瞬で完了するだろう。

「よし、では三班に分かれて行動する。まずは上級職三人を無力化し、それから本命だ」

リーダーが静かに指示を下す。

心のどこかに無視できない違和感はあったものの……膨大な成功報酬をふいにするわけにもいかず、彼らは自らの探知スキルを信じて屋敷へと踏み入った。

「なんなんだこの屋敷は……」

三つに分かれた暗殺集団。そのひとつを率いるサブリーダーの男は、屋敷の中を無音で進みながら思わず口の中で呟《つぶや》いていた。

わざわざ屋敷の入り口を偽装していたのも妙だが、とりわけ不自然なのは屋敷の内部だ。

貴族や豪商の屋敷にしては調度品がなさすぎるし、使用人や警備の影もない。そのくせ内装の手入れはしっかり行き届いていて、そのちぐはぐさになんだか不気味なものを感じる。

豪邸への侵入など初めてではないというのに、なぜか妙に胸がざわついていた。

「いや、そんなことに気をとられていてはダメだな。相手は上級職。初手で無力化をしくじり戦闘になれば面倒だ。集中せねば」

戒めるように口の中で言葉を転がし、サブリーダーは辿《たど》り着いた扉を音もなくあけた。

上級職の気配がある寝室だ。

豪奢《ごうしゃ》なベッドの上には人影があり、穏やかな寝息を立てている。

「……」

サブリーダーは数人の配下と目配せしベッドを取り囲む。

ターゲットはこちらに気づく様子もなければ目を覚ます気配もない。

真っ暗な部屋の中で無防備な姿をさらす獲物を前に、《気配消失》を発動させた暗殺者《アサシン》たちは衣擦《きぬず》れの音さえなく剣を構えた。そして、
まずは一人――っ！

複数の凶刃がベッドに突き立てられた――そのときだった。

「も〜、さっきからバタ、バタうるさいなぁ〜」

「「「「え？」」」」

暗殺者《アサシン》たちの口から声が漏れた。

しかしそれはベッドの中から「うるさい」などというあり得ない言葉が聞こえてきたからではない。

そもそも彼らにそんな言葉を聞く余裕はなかった。

なぜなら凶刃を突き立てようとした彼らの腕が、突如として溶け崩れはじめたからだ。

「「「「っ!?　びゃあああああああああああああっ!?」」」」

あまりの激痛に暗殺者《アサシン》たちの口から形容しがたい絶叫が迸《ほとばし》る。

気配や物音を消すことさえ忘れてのたうち回り、なにが起こった!?　などと考える余裕もなく泣きわめく。そんななか、

「あ〜も〜、たかだか猛毒の痛み程度に騒ぎすぎだよ〜。はい《パワーアウト・ブレイク》〜」

「「「「っ!?」」」」

途端、暗殺者《アサシン》たちの悲鳴ものたうち回る騒音もピタリとおさまる。

だがそれは彼らの痛みが消えたからではない。

あまりにも強力な力低下の呪いによって全身の筋力が死滅。のたうち回るどころか、悲鳴をあげる力さえ失われただけの話だった。

むしろ痛みを発散するための行動すべてを封じられたことで、両腕の溶ける痛みは倍増して暗殺者《アサシン》たちの精神に襲いかかる。

加えて横隔膜の筋力まで奪われ、呼吸さえ満足にできなかった。

目を見開いてピクピク震えるだけになった彼らをベッドの上から見下ろすのは、三日月のように口を割って笑う得体の知れない人影だ。

「ふ～ん、屋敷の中に《上級暗殺者《アサシン》》が十八人か～。わたしたちの命を狙うには、人数の桁《けた》が4つか5つくらい足りなかったね～」

「な……にが……っ!?」

一体どうなって……!?

サブリーダーがかろうじて言葉を漏らすも……激痛と呼吸困難によってその意識はぶっつりと途切れた。

「「「「……っ!?」」」」

もう一人のサブリーダーが率いる暗殺部隊第二班の動きは完全に停止していた。

なぜなら安全だと判断して進んでいた屋敷の廊下が、突如として凍り付いたからだ。

極寒の空気は暗殺者《アサシン》たちをも一瞬で飲み込み、凍り付いた喉《のど》は悲鳴をあげることさえままならない。

(なんだこの強力な氷結魔法は!?　い、いやそれより……なぜ俺たちの居場所が……!?)

魔法職らしきターゲットの位置はまだ遥《はる》か遠くだったはず。

この距離から《上級暗殺者《アサシン》》の気配を察知するなど、気配探知に秀でた同業者にもまず不可能だ。それなのになぜ!?

と、第二班サブリーダーが大混乱に陥っていたところ、

「ふむ。まあ聞くまでもないだろうが一応聞いておこう。貴様ら、どこの手の者だ?」

「っ!?」

突如。

《上級暗殺者《アサシン》》の気配探知を当たり前のようにすり抜け、目の前に絶世の美女が出現していた。

あまりの事態に暗殺者《アサシン》たちがまともに反応できないでいたところ、

「黙秘か。まあプロの暗殺者《アサシン》集団なら当然だな。ではこうしよう」

バキッ!

「――へ?」

いきなり自分の身体《からだ》から響いた音に、暗殺者《アサシン》たちが掠《かす》れた声を漏らす。

見れば凍り付いた彼らの腕が、脆《もろ》い飴細工《あめざいく》のように砕け散っていた。

「「「「～～～～っ!?」」」」

芯まで凍り付いた腕に痛みはない。

だが自分の腕を失った衝撃は凄《すさ》まじく、凍った喉《のど》から声にならない悲鳴が漏れる。

そんな彼らを感情のこもらない瞳《ひとみ》で見下ろしながら、金髪の美女がにっこりと微笑《ほほえ》んだ。

「安心しろ。うちのヒーラーは忌々しいほどに優秀でな。腕がもげた程度の軽傷はもちろん、どれだけ心身が破壊し尽くされようが問答無用で全快にできる。もしプロとして雇い主の情報を吐きたくないというなら、好きなだけ黙秘を貫くといい。死にはしない。死にはな」

「「「「……っ!?」」」」

ま、待て！　喋《しゃべ》る！　喋るから！

反射的にそんな悲鳴をあげようとする暗殺者《アサシン》たちだったが……凍り付いた喉からは白い息が漏れるのみで――。

極寒の廊下に、声にならない悲鳴が響き続けた。

「なんだ？　悲鳴？」

屋敷の廊下を進んでいた暗殺部隊のリーダーはその異音に足を止めた。

屋敷の方々から、部下たちの悲鳴が聞こえたような気がしたのだ。

だがその後はいくら耳を澄ましても屋敷は静まりかえったまま、戦闘の気配もない。

「気のせいか……？」

と、リーダーは気配探知を展開したまま再び進もうとしたのだが……そこで痛烈な違和感に気づいた。

ターゲットと接触したはずの部下たちの気配が、その場から一歩も動かないのだ。

戦闘の気配もなければ、仕事を終えて撤収する素振りもない。

ただただその場から動かない。まるで死んだかのように。

それは明らかな異常だった。

「……!?　どうなってる!?」

《上級暗殺者《アサシン》》で構成された精鋭部隊が音もなく全滅するはずがない。

だがなにか作戦遂行に重大な支障が出ているのは間違いなく、リーダーが直感に従って現状把握に動こうとしたそのときだった。

〝重大な支障〟が、向こうからやってきたのは。

「夜中にドタバタうるせえええええええええっ！」

ドゴシャアアアアアアアアアアアッ！

「……は？」

リーダーの口からベテランアサシンとは思えないほど間抜けな声が漏れた。

なぜなら突如、彼の背後でなんの前触れもなく壁が爆散。

率いていた部下たちが目にもとまらぬ速度で屋敷の外へ吹き飛び、ピクリとも動かなくなったのだ。

そしてなにより意味がわからなかったのは……まだ遠くにいると思っていた上級職《ターゲット》が、スキルで感知する間もなく目の前に出現していたことだ。

「あー、壁ぶっ壊しちまった。こりゃリュドミラのやつにグチグチ言われるな。クソ、てめえらが夜襲なんかかけてきてイライラさせるからだろうが、来るなら昼間に来いよ殺すぞ」

「は……!? な……!? なんだお前は……!?」

若干理不尽な言い分をまくし立てる赤髪の女に、リーダーの顔から血の気が引いていた。

《上級暗殺者《アサシン》》の気配探知を無効化するような速度で部下を粉砕。なにより上級職である自分が立っているだけでもやっとの異常な威圧感を纏《まと》うその女は、どう考えても上級職などではなかったからだ。

この異常な威圧感。人族のものとは思えない膨大な魔力。

そして《上級暗殺者《アサシン》》の気配探知スキルを誤認させ上級職に扮することができる存在など、心当たりはひとつしかない。

それは、最上級職を超える人外級の怪物。

（ちょ……と待て……だとしたらこのバカでかい屋敷の正体は……『上級職だと思っていた三人の標的』はまさか……⁉）

全身から脂汗が噴き出す。

あり得ない。

あり得るはずがない。

《無職》を拾い育てていたのが世界最強のバケモノ集団だったなど、戯曲でもあり得ないトンデモだ。だが目の前に佇《たたず》むこの怪物の気配はどう考えてもホンモノで――、

「……う、うわあああああああああああああああああっ⁉」

リーダーはもはや威厳も理性も放り出してがむしゃらに逃げ出していた。

部下を見捨て、全力で闇《やみ》に紛れ、足がちぎれそうなほどに疾駆する。

だが――ドゴオオオオオオン！

「あ？　ヤベ、もしかして死んだか？　……ま、いっか。ちょっとくらい死んでてもテロメアならどうにかできんだろ」

突入から数分。

世界で最も危険な屋敷に入り込んだベテラン暗殺者《アサシン》たちは全員、二度とまともに仕事ができないほどのトラウマを刻み込まれるのだった。

＊

「な、なんだこれ……!?」

屋敷に響いた轟音《ごうおん》で飛び起きたクロスが明かりの灯《とも》る中庭に飛び出すと、そこには信じがたい光景が広がっていた。

中庭で正座させられ、ガクガクと無言で震える黒装束の一団。

それを「いつでも燃やせる」とばかりに巨大な炎で照らすリュドミラ。

さらには「消し炭になっても死なせないよ～」とばかりにテロメアが回復魔法をちらつかせ、リオーネが恫喝《どうかつ》するように黒装束たちの胸ぐらを摑《つか》みあげる。

「おら、全員さっさとステータスプレート出せ。名前、種族、年齢、スキル、全表示しろ。朝一で教会にもってってコピーしてやるからな。逃げられると思うんじゃねえぞ」

「は、はい……」

完全に心が折れているらしい黒装束の一団から弱々しい声が漏れる。

しばし啞然《あぜん》としていたクロスはそこでようやく口を開いた。

「な、なんですかこの状況!? ってゆーかこの黒ずくめの人たちは一体……!?」

「ああ、クロスか。いや別に大したことじゃねえよ。お前と決闘した貴族が腹いせに暗殺部隊を差し向けやがったんだ」

「え……!?」

リオーネたちから詳しい話を聞いたクロスは目を見開いて固まった。

「そ、そんな……!?　決闘に負けたからってまさか暗殺部隊まで送り込んでくるなんて……!?」

完全なルール違反。それどころか貴族でさえ重罪は免れられない文句なしの逸脱行為だ。

上位貴族に決闘を挑むという自らの迂闊《うかつ》な行動が招き寄せたとんでもない事態に、クロスは顔面蒼白になる。

拾ってくれた恩を返すどころか、師匠たちにこんな迷惑をかけることになるなんて……！

「はーい、反省はそこまでだよ〜」

「え」

言葉をなくすクロスの肩をテロメアが優しく叩いた。

同時に、ステータスプレート狩りをしていたリオーネが獰猛《どうもう》に笑う。

「ま、これで世の中信じられねえ手を使ってくるクズがいるって改めて痛感できたろ。つまり次からはちゃんと最悪を想定して動けるってこった」

そして今度はリュドミラが、まるで弱った獲物を使って子供に狩りの仕方を教える獣のように、こんなことを言うのだ。

「うむ、これからは目立つ功績を打ち立てた君を狙ってこのような闇討《やみう》ちまがいの事態も増えるだろう。想定以上に良質な教材が向こうからやってきてくれたことだし、明日からはこの《上級暗殺者《アサシン》》たちを使って気配遮断や気配感知の盗賊《シーフ》系スキルの習得も目指してみよう」

「そ、想定以上の教材……?」

リュドミラの口ぶりにクロスは唖然《あぜん》とする。

ま、まさかこの人たち、闇討《やみう》ちもあり得ると想定したうえで、僕の修行に活かせそうだからと放置してた、のか……?

(ま、前にも少し思ったけど……もしかして僕、とんでもない人たちに弟子入りしちゃったんじゃあ……?)

と、クロスが師匠たちのヤバさに若干気づき始めていたところ——突如、リオーネたちの纏《まと》う空気が変わった。

「しっかしまぁ、多少は予想してたとはいえ、マジでここまでの暗殺部隊を送り込んでくるたぁな。これ、ガチでクロスのこと殺すか再起不能にする気だったろ」

「だねぇ。実家のお金使ってこんな場外乱闘仕掛けてきたんだしぃ、だったらもうこっちも遠慮する必要ないかな~」

「うむ。決闘の結果を無視して私の弟子を潰《つぶ》そうとしたのだ。そのような恥知らずには、相応の落とし前をつけてもらわねばな」

「え? 皆さん……? なにするつもりですか? ちょ、ちょっと!?」

呆気《あっけ》にとられるクロスの前で――ビキビキビキッ。

額に青筋を浮かべた三人の世界最強が静かに笑みを浮かべていた。

7

「遅い！　なにをやっているんだあの連中は！」

暗殺部隊の帰りを屋敷で待ち続けていたギムレットはイライラと怒声をあげていた。

彼らが自信満々で屋敷を出て行ってから一晩が経ち、既に夜が明け始めている。

にもかかわらず忌々しい《無職》の手足を持ち帰るどころか姿さえ見せない暗殺部隊に、ただでさえ精神の均衡を欠いていたギムレットはぐしゃぐしゃと頭を掻《か》きむしる。

「まさかとは思うが、奴ら前金だけ受け取って逃げたのではあるまいな……っ！」

もしそうなら、もう私自らあの忌々しい《無職》の根城に――とギムレットが落ち着きなく室内を歩き回っていたときだった。

屋敷の入り口から誰かが帰ってくる気配がしたのは。

「む、やっと戻ってきたか？」

その足音は《暗殺者《アサシン》》にしてはやたら騒がしく数も一つだけと妙だったたか、この時間帯に派閥からも排斥された貴族の屋敷を訊《たず》ねてくる者などいない。

まず間違いなく暗殺部隊の一員だろうと、ギムレットは足音を迎え入れるように部屋の扉を開いた。

「遅いぞ！　一体なにをそんなに手こずって――」

その瞬間。

「この……っ、バカ息子があああああああああああああああ!!」

「は？　うぶるあああああああああああっ!?」

あまりにも予想外の拳《こぶし》がギムレットの顔面にめり込んだ。

《上級瞬閃剣士》でも避けられない速さの拳撃。

襲いかかる凄《すさ》まじい衝撃にギムレットの身体《からだ》が吹き飛び、部屋の壁に激しくぶつかる。

だがギムレットにとって身体を襲う衝撃よりもなお衝撃的だったのは、彼を殴った人物だった。

（!?　なんだ!?　なぜ父上がここに!?）

出会い頭にギムレットを殴り飛ばした壮年男性。

それはバスクルビアから遠く離れた領地を治めるギムレットの父、ハムレット・ウォルドレア公爵だったのである。

風魔法使いの高速移動便を使ってもバスクルビアから片道一週間はかかる領地。

そこに常駐しているはずの父が突如現れ、しかもいきなり殴りかかってきたのだ。

ギムレットは混乱の極地に叩き落とされる。

（わ、わけがわからん……!?　父上が私を殴るなど……っ!?　それになんだこの父上の有様は!?　最上級職である父がなぜこんなズタボロに!?）

殴られて意識朦朧《もうろう》としながら、ギムレットは顔面を殴られた自分以上にボロボロな父親の姿に愕然《がくぜん》とする。

なにせ、ハムレット公爵は数々の功績を打ち立ててきた王国最高戦力の一角。

あのサリエラ学長と並ぶ最上級職なのだ。

さらにウォルドレア家の現当主である父の周囲には常に上級職の側近が多数控えており、なんらかの不意打ちを食らったとも考えづらい。父がこのようなズタボロ状態にされるなどまず考えられないことだった。

「な、なにがどうなって……!?」

「なにがどうなっているとはこっちのセリフだ！」

混乱覚めやらぬギムレットの胸ぐらを摑《つか》み、ハムレット公爵がガクガクと震えながら怒鳴る。

「貴様というやつは……！　一体誰に手を出したかわかってるのか!?　S級冒険者……それもよりによってあのイカれた三人組の弟子に暗殺部隊を差し向けるなど、なにを考えている!?」

「は……？」

えすきゅうぼうけんしゃ……？

父の言葉の意味がわからず呆けたようにギムレットが声を漏らした。その直後。

ドサドサドサドサッ！

部屋の入り口から、ゴミのような物体が無造作に投げ込まれる。その数およそ二十。

ボッコボコにされて反抗の意思を完全に刈り取られた暗殺部隊である。

「な、ななっ、なっ!?」

信じて送り出した暗殺部隊と側近《中級盗賊》《シーフ》の無残な姿にギムレットが絶句する。

そして混乱を増す彼の心にトドメを刺すかのように、暗殺部隊を投げ込んだ張本人——三人の美女が当然のように室内に踏み込んできた。

「まあ言いたいことはいろいろあるが……」

先頭に立つ赤髪の美女がベキベキベキッ、と指を鳴らしながら低い声を漏らす。

「決闘に負けた分際であたしの弟子に闇討《やみう》ちかましやがったんだ。家ごと叩き潰《つぶ》される覚悟はできてんだよな？」

「な——っ!?」

瞬間、三人の美女から同時に発されるのはおよそ人族のものとは思えない膨大な魔力、殺気、デタラメな威圧感。

それは王都で一度だけ見かけたことのある王国最強戦力――勇者の末裔《まつえい》エリシアの父親と同じ、人知を越えたバケモノのオーラ。

誇り高い最上級職の父が「バカ息子には私からキツく言っておくからこれ以上は！　これ以上は勘弁してくれ！」と地面に額を擦りつけるのも当然の圧倒的〝暴〟の気配で。

ギムレットの脳裏でようやく、先ほどの父の言葉が意味あるものとして像を結んだ。

えすきゅうぼうけんしゃ……S級冒険者……!?

「ば、かな!?　そ、そんなことが……!?」

瞬間、聡明なギムレットはすべてを理解した。

クロスの異常な成長の謎《なぞ》も。

父がこの場にいる理由も。

信じがたい、あまりにも信じがたいが――。

つまりこのバケモノたちこそが《無職》を反則的な冒険者に育て上げた張本人で。

暗殺部隊を差し向けた報復にたった一晩でウォルドレア本家を強襲し、この屋敷へとやってきたのだ。

弟子《クロス》に手を出したギムレットを、地獄の責め苦の果てに嬲《なぶ》り殺すために。

それはまさに話の通じない天災の怒り。

逃れようのない絶対的な絶望だった。

「ば、馬鹿な……こんな馬鹿なあああああああああ!?」

もはや公爵家の誇りもなにもない悲鳴がギムレットの喉《のど》を震わせる。

真正面から叩きつけられる人外の殺意に下半身は崩壊し、あまりの恐怖で頭髪が白く変色しはじめるほどだった。

苦しまずに死ねればそれがもっとも幸運。

突きつけられた最悪の恐怖に、ギムレットが自死さえ選ぼうとした――そのときだった。

絶望と恐怖で頭髪に異常をきたし、呼吸困難にさえ陥っていたギムレットの目の前で、奇跡が起きたのは。

「ちょっと皆さん！　やりすぎです！　やりすぎですって！」

「へ……？」

ギムレットとバケモノ三人組の間に立ちはだかった小さな影。

それはS級冒険者とは比べものにならないほど弱々しく頼りない背中。

だがその最弱職の少年は世界最強の三人組に怯《ひる》むことなく必死に言葉を重ねていた。

「僕のためにに怒ってくれるのはすごく嬉しいですけど……これ以上はどう考えてもやりすぎですよ!?」

「えー。それはさすがにちょっと甘過ぎじゃねえかクロス。こいつは決闘の約束破って暗殺部隊まで送ってきやがったんだぞ？」

「それは確かに許せないですし、落とし前は当然必要だと僕も思います……けど何事にも限度がありますって！　実家を襲撃して髪の色が変わるまで威圧して、もう十分ですよ!?」

「ちぇ～。まあ確かに傘下になった貴族が次の日には廃人になってました～だとクロス君の評判も悪くなっちゃうし、クロス君の判断に任せよっかぁ」

「まったく、私の弟子はとんだお人好しだな。……まあそこも良いのだが」

「……っ!?」

制御不能なバケモノどもの殺意が少年の言葉ひとつでみるみる引いていく!?

その信じられない光景にギムレットが絶句するなか、

「大丈夫ですか？」

「っ!?」

心配そうな表情で跪《ひざまず》くクロスに、ギムレットは再び混乱しながら顔を向ける。

そんなギムレットにいくつかの言葉を飲み込むような素振りを見せてから、クロスは強いまなざしでこう言った。

「僕もあなたも思うところはあるでしょうけど……これ以上いがみあいを続けるととんでもないことになるってお互いに思い知ったわけですし、このあたりで手打ちにしませんか？」

「な……!?」

「貴族が平民の傘下というのも、暗殺部隊を差し向けるくらい嫌なら形式上のことで構いませんし。……そもそも貴族の人が平民の配下なんてよく考えなくても無茶苦茶ですしね。僕としては孤児院への嫌がらせさえなくなれば十分なので。だからこれで終わりにしましょう。ね？」

「……っ!?　まさか……許すというのか……この私を……!?」

当たり前のようにそう提案してくるクロスのなにもかもが、ギムレットにとってはS級冒険者の登場よりもある意味衝撃的だった。

《無職》の身でバケモノを手なずけているかと思えば、それだけの後ろ盾を持ちながらギムレットに報復するでもなく手打ちを提案してくるなど。

あり得ない慈悲深さ。そして懐の広さだった。

「……っ」

瞬間。

お人好しな少年に文字通り命を救われたギムレットの胸中に湧き上がるのは、いままでに感じたことのない気持ちだった。

それは派閥の長や王族、勇者の一族にさえ抱いたことのないほど強い敬意。

支配者として振る舞ってきたいままでの自分が根底から覆るような、圧倒的かつ爆発的な忠義の心だ。それはもはや、信仰に近いほどの。

「クロス……アラカルト様……っ」

「え？」

つい先ほどまでクロスのことをあれほど忌々しく思っていたにもかかわらず、ギムレットの身体《からだ》は勝手に動いていた。下半身をぐしょぐしょにしたまま、少年の前に跪《ひざまず》いてその手を恭《うやうや》しく握る。

「私が……愚かでした。決闘の結果は喜んで受け入れます。ギムレット・ウォルドレアはあなたの傘下として、一生の忠誠を捧げることをここに誓いましょう……っ！」

「え!?　あれ!?　なにこれ!?」

いきなり盲信するようなヤバイ目で見つめてくるようになったギムレットに、クロスはぎょっと目を見開いた。

「え、ちょっ、いきなりどうしたんですか!?　なんかこれじゃあ僕が師匠たちの威を借りてギムレットさんを従わせたみたいですし、頭を上げてください！」

「なにをおっしゃいますか！　私は心の底からあなたに、あなただけに忠誠を誓っているのです！　嘘《うそ》だと思うならいまここで靴でも舐《な》めてみせましょう！」

「本当にいきなりどうしたんですか!?　ちょっ、師匠！　どうしたらいいんですかこれ!?」

クロスは突如として忠犬化した目上の上位貴族をどう扱っていいかわからず、思わず師匠たちに助けを求める。

だが師匠たちはギムレットの豹変《ひょうへん》にぎょっとしつつ、

「あー、まあいいんじゃねえの？　もともと決闘に負けたら傘下になるっつう話だったろ？」

「だよね～。まあ収まるべきとこに収まったってことで～」

「正直クロスの魔性に少し危機感を覚えるが……まあクロスの名が上がるならよしとしよう」

「ええええええっ⁉」

師匠たちはノータッチ。

クロスはその後も一人でギムレットの豹変をどうにかしようとしたのだが……、

「決闘の結果は絶対ですから！　私はクロス様に忠誠を誓わねばならないのです！」

「うぐっ⁉」

ギムレットにそう断言されてしまえば返す言葉もない。

こうしてクロスは強大な力を持つ貴族を配下に迎えることとなり――――公爵家を従える異例の平民新興派閥、アラカルト派が正式に発足してしまうのだった。

エピローグ

「「……」」

愛弟子《まなでし》にそこそこ優秀な舎弟ができた朝から数日。

世界最強の冒険者たちはテーブルを囲み、一枚のステータスプレートを真剣な表情で見下ろしていた。

半ば恒例になりつつある、クロスの成長度チェックである。

直近のスキル成長履歴

《中級剣戟《けんげき》強化Ｌｖ４》　↓　《中級剣戟強化Ｌｖ７》
《身体能力強化【中】Ｌｖ12》　↓　《身体能力強化【中】Ｌｖ16》
《身体硬化【中】Ｌｖ３》　↓　《身体硬化【中】Ｌｖ４》
《緊急回避ⅡＬｖ12》　↓　《緊急回避ⅡＬｖ14》
《中級クロスカウンターＬｖ３》　↓　《中級クロスカウンターＬｖ９》

《重傷自動回復Ｌｖ８》　→　《重傷自動回復Ｌｖ10》
《痛覚軽減Ｌｖ８》　→　《痛覚軽減ⅡＬｖ１》
《トリプルウィンドランスＬｖ５》　→　《トリプルウィンドランスＬｖ７》
《風雅跳躍Ｌｖ３》　→　《風雅跳躍Ｌｖ５》
《イージスショットＬｖ１》　→　《イージスショットＬｖ４》

新規発現
《気配遮断Ｌｖ１》
《器用補正Ｌｖ１（＋７）》

半ばハメるような策を凝らした結果とはいえ、レベル50の《上級瞬閃剣士》を死闘の末に下したのだ。将来の恋人候補がさぞ成長しただろうというリオーネたちの期待に応え、クロスはあの一戦で飛躍的に成長していた。

暗殺部隊を臨時の講師役として教えた盗賊《シーフ》系スキルとそれに伴う新たなステータス補正スキルも早々に発現し、育成は順調そのもの。

その点はリオーネたちも言うことなしの結果だったのだが……、

「おいおいおいおいおい……」

スキル欄の末尾に新しく出現した掠《かす》れたような文字に、リオーネたちはほとんど言葉を失っていた。

不在《エラー》スキル
《アナザーステータスLv1》
力補正＋130
防御補正＋150
魔防補正＋50
俊敏補正＋180
特殊魔力補正＋160
攻撃魔力補正＋120
加工魔力補正＋40
器用補正＋40

そこに表示されていたのは、《イージスショット》に続く新たな不在《エラー》スキル。
本来同時に習得できるはずのない各種ステータス補正スキルが統合されて出現した、特殊すぎる特殊《エクストラ》スキルだった。

その表示をじっと眺めながら、リュドミラが口を開く。

「……特殊《エクストラ》スキルは複数のスキルが統合されたことで生まれる強力なスキルだ。その威力はもととなったスキルを同時発動するよりも遥《はる》かに高くなり、その効力はもととなったスキルの数が多ければ多いほど高まる傾向がある」

そして、とリュドミラはステータスプレートを指さした。

「この《アナザーステータス》とやらは、実に8つもの補正スキルが統合されたものらしい」

8つのスキル統合。クロスの切り札である《中級クロスカウンター》がわずか2つのスキル統合で生まれ、同じ不在《エラー》スキルである《イージスショット》が3つのスキル統合で生まれたことを考えれば……8つものスキル統合というのはあまりに別格だった。

加えてクロスは現在リュドミラの作る補正スキル強化の秘薬を毎日摂取している。一体どこまで彼のステータスが伸びるのか、百戦錬磨のS級冒険者たちにも皆目見当がつかなかった。

「もともと不在《エラー》スキルの成長はかなり遅いし～、そのうえ8つもスキル統合されてるならそう伸びないだろうけど～、そこを差し引いても破格の性能だよねぇ」

クロスの育成においてネックだったのは、補正スキルでしかステータスが伸ばせないという点だった。いくらすべての《職業《クラス》》のスキルを取得できるとはいえ、どこかで頭打ちが発生し、禁術や秘法に頼る必要が出てくるだろうと彼女たちは考えていたのだ。

だがこの不在《エラー》スキルが順当に成長していくとすれば……もはやクロスがどこまで成長する

のかわからなかった。

そんなクロスのポテンシャルを見せつけられて、彼女たちが考えることはひとつだ。

（（そろそろ本気でこいつらをぶちのめしてクロスを独り占めにする算段をつけておいたほうがいいかもしれない……））

世界最強の冒険者たちは目の前に座る最大の恋敵たちからクロスをかっさらうべく、笑顔の下で割と本気の戦略を組み立てはじめるのだった。

――思わぬ伏兵が愛弟子《まなでし》に迫っていることなど気づかずに。

＊

「なんだか大変なことになっちゃったなぁ」

決闘から数日が経った昼下がり。

明日から本格的に再開するという冒険者学校の新たな授業日程を確認するべく掲示板を目指して歩いていた僕は、小さな溜息《ためいき》を漏らしていた。

「ギムレットさんはあの日からずっとあの調子だし……そのせいか孤児組やギムレットさんをまとめてアラカルト派なんて命名されちゃってるし」

手に持った記事に目を落とせば、そこには《無職》の僕が貴族を切り崩して新たな派閥を作ったという刺激的な文言が踊っている。

いやまあ、間違ってはいないんだけどね。

孤児組の代表として決闘に挑み、結果として巨大貴族派閥の第四位を引き抜いたのだ。僕がどう言おうと、新たに派閥を発足したと見なされても仕方がなかった。

あんまり扇情的に騒がれるのは勘弁してもらいたいけど……これでジゼルたちが変に舐《な》められたり絡まれたりすることが減ると思えば我慢するしかない。

「それに、大変な思いをしたぶんの見返りはちゃんとあったしね」

僕は記事をしまうと、代わりに自分のステータスプレートを取り出した。

そこに表示されるのは、決闘を乗り越えたことで大きく成長したスキルの数々だ。

なかでも新しく発現した不在《エラー》スキル《アナザーステータス》はリオーネさんたちにも大好評で、思い出すだけで恥ずかしくなるくらい褒《ほ》められてしまった。

実際、８つものスキルが統合した不在《エラー》スキルの威力は未知数で、これからどれだけ伸びるのかいまからワクワクしてしまう。

「やっぱり師匠たちは凄《すご》いよなぁ」

《無職》の僕がここまで来れたのは間違いなくリオーネさんたちのおかげだ。

「この調子でリオーネさんたちに恩返しできるくらいに……憧《あこが》れのあの人みたいな冒険者に

なれるように、頑張らないと……っ！」

と、師匠たちへの感謝と決意を新たに足取りを軽くした、そのときだった。

「あ……いた」

「え？　わっ!?」

突如。

可愛《かわい》らしい声がしたかと思った瞬間、僕の身体《からだ》は抵抗する間もなく人気のない路地裏に引きずり込まれていた。

え、この感覚はまさか!?　と僕が驚いていたところ――案の定だった。

「えと、その……久しぶり……」

「エ、エリシアさん!?」

ちょうど思い浮かべていた憧《あこが》れの冒険者――勇者の末裔《まつえい》エリシア・ラファガリオンさんが突如目の前に現れ、僕は変な声をあげてしまう。

（え、え、どうしてエリシアさんが急に……!?）

憧れの女性。それも磨き抜かれた宝剣のような美貌《びぼう》を持つエリシアさんの強襲に僕は大慌てで目を白黒させてしまう。

前回会ったときは割と普通に話せたけど……それももう一か月以上前の話。

エリシアさんとどう接すればいいのか完全に忘れてしまった僕が「あわあわ」と顔を真っ赤

にしていると、

「実は……その、君にどうしても聞きたいことがあって……」

「え？」

なぜか、エリシアさんの様子がおかしかった。

いつもは表情の読みにくい超然とした雰囲気を纏《まと》っているエリシアさんが、なんだかやたら落ち着かない風にもじもじと目を泳がせている。

かと思えばエリシアさんは意を決したように、

「聞いたわ。リッチモンド家とウォルドレア家の跡継ぎを次々と倒して……平民なのに、貴族を従えた派閥まで発足したのよね……？　それって、その、もしかしてなのだけど……」

そしてエリシアさんはほんのりと顔を赤くし、虫の鳴くような声で、こう言ったのだ。

「もしかして君は勇者の伴侶《はんりょ》の座を……私のお婿さんの座を……狙ってるのかしら？」

「……………………………へ？」

あまりのことに、僕の頭は完全に停止してしまった。

そう。

決闘を通して嫌がらせをやめさせることしか考えていなかった僕は、すっかり失念していたのだ。

いまこの街で若い男性が派手に名を挙げるということが、どういう意味を持つのかを。

GAGAGA

ガガガ文庫

を成り上がらせようとする最強女師匠たちが育成方針を巡って修羅場3

城大空

行　2021年8月24日　初版第1刷発行

行人　鳥光 裕

集人　星野博規

集　小山玲央

行所　株式会社小学館
〒101-8001 東京都千代田区一ツ橋2-3-1
[編集]03-3230-9343 [販売]03-5281-3556

バー印刷　株式会社美松堂

刷・製本　図書印刷株式会社

inted in Japan ISBN978-4-09-453024-7